坐罐仔的人

吳敏顯

代序

這些故事這些人

果子離

吳敏顯是記者出身，早期創作以散文為主，長於描繪地方民情、風土景物，這幾年開疆拓土，寫起小說來，後勁十足，沛然莫之能禦。前作《沒鼻牛》、《三角潭的水鬼》與這本《坐罐仔的人》，都帶點散文筆法，多以「我」為主敘者，透過與吳敏顯個人身分背景相近的「我」，描述一個個鄉里人物與他們的故事。調子舒緩，用詞口語，閱讀起來很有韻味。

吳敏顯的小說著重在人物（他很少寫到家庭），事件繫於人物之運轉，往往先有人，再有事，故事由人物的性格行止引領出來，再以「我」

的角度講述所看見的、聽聞的事，兼及轉述村民的八卦閒言。這些閒話家常式的閒言閒語，使小說充滿鄉野傳奇之趣，而這個「我」，不作解人，又有點述而不作的味道。（偶有例外，如〈天書〉，便以我直接解說失學的命相師水旺仔仙學識取得的管道。）

吳敏顯筆下很多人物都怪怪的，或者說好聽點，頗有傳奇色彩。這些人——許多是老人，且為獨居老人，如本書的樹叢伯仔、棺材伯——的行為舉止，看在外人眼中殊不可解，於是謠傳紛紛，各種解釋都有，其中不乏怪力亂神之說。

怪力亂神經常盤踞在村民心裡，在吳敏顯小說中，村民的世界單純，相信因果報應，相信神威天意，這些意念形成謠傳的主要內容。而臆測所本，當然不是書本或當時還沒有的網路資訊，而是多半來自老師說、父母講，以及代代相傳的傳聞古訓，經過觀察、想像、猜測、辯駁、附會，最後形成牢不可破的人物印象。

例如〈褲底全藏鬼〉的樹叢伯仔，個性孤僻，造型特殊。對此異人異事，村民胡猜亂想，以訛傳訛，後來演變成樹叢伯仔在鬈髮裡養小鬼，待其禿頭頂上無毛之後，小鬼改藏在有毛的褲襠裡。這種說法，有人信有人不信，正反意見所據理由則五花八門，無奇不有。

這一群人在人家背後猜東猜西，嘰嘰喳喳，只是本於好奇之心，並非蜚短流長，中傷嘲笑那般討厭，反而令人覺得可愛。吳敏顯的小說主題不一定是輕盈詼諧的，讀起來卻總是輕鬆有趣，大概也是這原因吧。

相對於早期我們所熟知的台灣鄉土小說，或控訴，或嘲諷，常在小說中凸顯農村經濟問題，討論勞資糾紛、社會資源分配不公等議題，吳敏顯的作品顯得雲淡風輕。個中原因，首先可能與人物性格設定有關，吳敏顯的人物大都良善，質樸，單純，即使窮苦也不怨天，沒有太多憎恨怨怒，不抗爭。像〈褲底全藏鬼〉樹叢伯仔的溪邊菜圃經常毀於山洪暴雨，他只淡淡說：「一輩子該怨恨的事情太多，冤仇要是記到天公頭上，哪能活得下去！」不見火氣。

想來這又與吳敏顯的性格有關。他的為人寬厚溫和，說起話來悠悠緩緩，不慍不火。在《三角潭的水鬼》書序中他說道：「我曾經讀過某些以鄉土人物為描寫對象的小說，似乎離不開野臺戲苦旦那樣哭哭啼啼的悲情演出。坦白說，這和陪伴我成長的鄉下見聞，差距不小。」

吳敏顯眼中的鄉下人，與他共同成長的鄉下人，與都市人相較，雖然窮苦戇直，但鄉下人有鄉下人的生活哲學，因此「我想寫鄉下人的憨厚與質樸，寫村人對天地對鬼神的敬畏，寫族親同鄰人之間的相扶持」。是這樣的寫作觀讓他連續寫出三本風格獨特的短篇小說。

但吳敏顯寫的也不是一味歌頌人生光明的勵志作品，他不諱言人生的蒼涼，現實的殘缺。如樹叢伯仔收容小鬼，以及彩券明牌沒報對的落難神明，純粹是可憐它們無處可去，因此物傷其類，撿來與無妻小的他相伴，他不擔心這些小鬼的去處，他認為不少小鬼縱使輪迴投胎，再世為人，生活處境可能不如當孤魂野鬼幸福。

又如〈三角潭的水鬼〉裡的水鬼說過一段話：「我們水鬼一旦抓到替身投了胎，做人了，卻不一定從此就能過好日子。尤其是最近十幾年我在河裡聽到的人間事，更是亂七八糟。」這名水鬼感嘆於以前抓交替投胎，多數到了窮人家，雖苦了點，也不太壞，現在人間問題一堆，多的是不正常的家庭，不如當水鬼就好。

吳敏顯借用小說之口，表達人間或許還不如陰間，可知他對人間疾苦頗有所嘆，但這不是他創作心意所繫。他寫活了一個個人物，用簡單筆法描繪這些人的簡單生活。他們都生活在鄉野小村，生活簡單而實在，有紅塵但無煙火，不談政治，帝力於我何有哉。他們知識水準通常不高，資訊除了來自與同鄉閒話家常，還加上道聽塗說，臆測空想，此外最依賴神明，信賴算命仙、廟公。

廟公，鄉村中的重要角色，在吳敏顯筆下不知出現幾回。（〈黃金萬兩〉這篇還冒出「副廟公」）。除了管理寺廟，幫民眾解籤，接受信徒疑難雜症諮詢，有的廟公還收養棄嬰（見〈圓仔花〉）。他們見多識廣，幫信徒溝通人間與仙界，在解籤時，總會講述歷史故事，以詮釋籤文意義，給人學問淵博的印象。〈黃金萬兩〉裡黃根屘想繞過算命的水旺仔仙，直接請廟公幫忙改名，就是看中廟公能解百首籤詩，善講歷史故事，改名應難不倒他。《三角潭的水鬼》有篇〈廟公的燈火〉，廟公沒什麼學歷，卻嫻熟歷史掌故，學問從哪而來？廟公自述，他以戲棚為學校，以戲文為課本，「人若有心，戲棚腳站久就是你的。」

算命的水旺仔仙也在吳敏顯小說裡多次出現。這些算命仙、廟公不是如我們社會新聞看到的詐財騙色的神棍壞蛋，他們為人傳道、授業、解惑，沒讀什麼書，知識所本的是人生這部大書，因此常成為村民心目中的活字典、百科全書、生活寶典。吳敏顯描繪他們，讓我們感受到宜蘭地方的人情之美。

輕飄飄的舊時光就這麼溜走，年少時周遭常見到的東西，在光陰流轉中，不知不覺便絕跡了，吳敏顯多部著作，都在記錄宜蘭，對時光遞嬗下漸漸消逝的物事必然深有感懷。他談起這些現象，仍然筆觸輕巧，但言外自有深意。例如〈圓仔花〉，這篇一開始提到圓仔花（千日紅）、大紅花（朱槿）兩種植物。它們在宜蘭鄉下隨處可見，被當野花看待，然而這些尋常花種如今竟已極少見到，和諸多與土地結合的事物一樣，忽然間就消失了，訪問當地耆老才能知曉，教人悵然唏噓。

事實上「圓仔花」是這篇小說女主角的外號，她是有兔唇的棄嬰。圓仔花，其人如花，一個無人照顧的孩子，靠強韌的生命力努力存活，後來成長、出嫁，有所依歸。

圓仔花、大紅花在全書第一篇第一節出現，其喻意作者不明白點出，僅出之以閒聊口吻，讀者很容易順著目光一瞥就過去了。吳敏顯這種散文筆調，與讀者看似靠得很近，卻也因閒話語氣，弦外之音蘊藏在文字裡，不一定能被讀取。其實這些文字閒閒散散，卻蓄積著一股內力。

借用書中這篇〈復健故事屋〉的篇名概念，一本書就是一座故事屋，一則則故事表現人生百態，呈現眾生相貌。吳敏顯像個說書人，口沫橫飛，開講好聽的故事，又像一名老琴師彈著琴，「思想起～」，唱起生命的百般滋味。他說的故事，是人的故事，地方的故事，也是時代的故事。

●果子離，著有《一座孤讀的島嶼》、《散步在傳奇裡》，以及歷史著作十餘部，是個不可救藥的閱讀主義者。

坐罐仔的人

目次

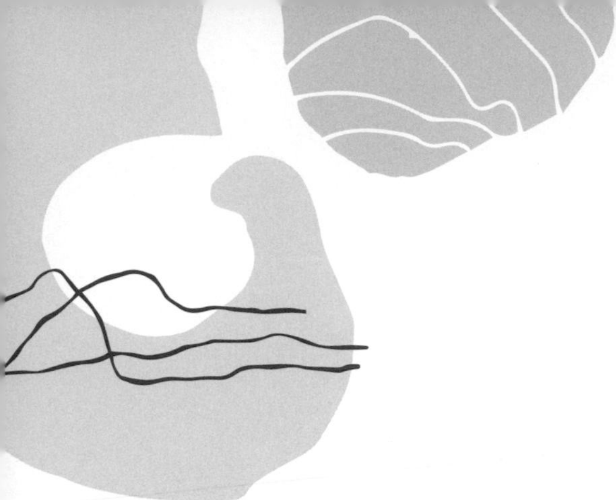

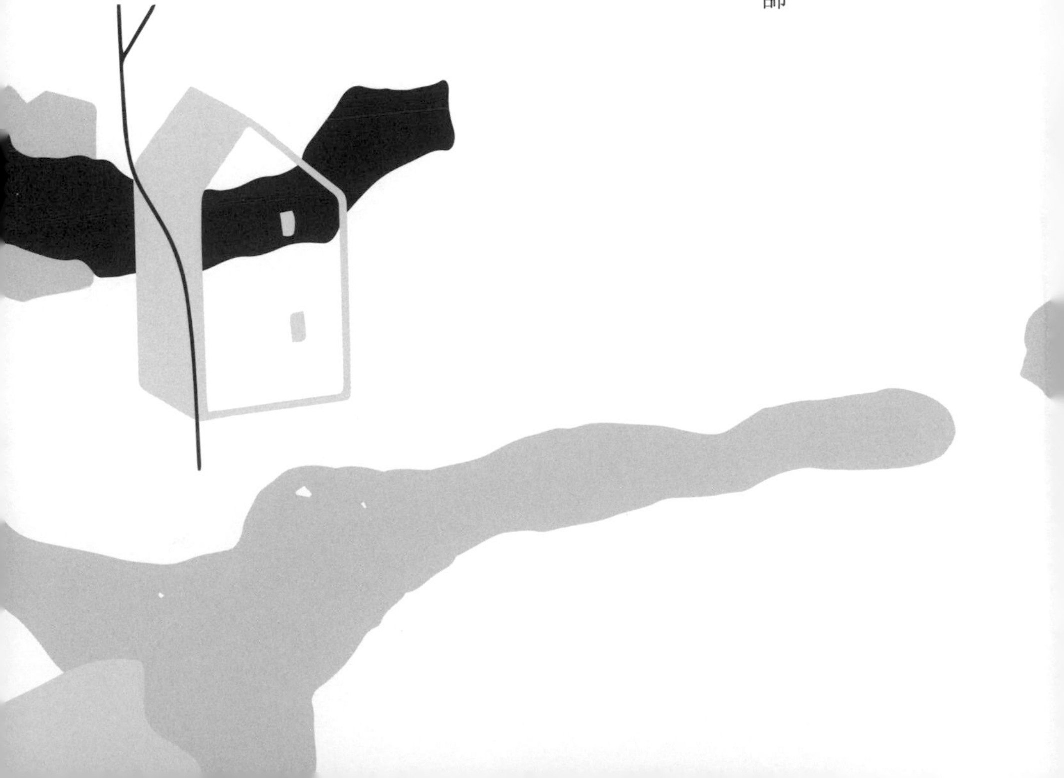

卷一

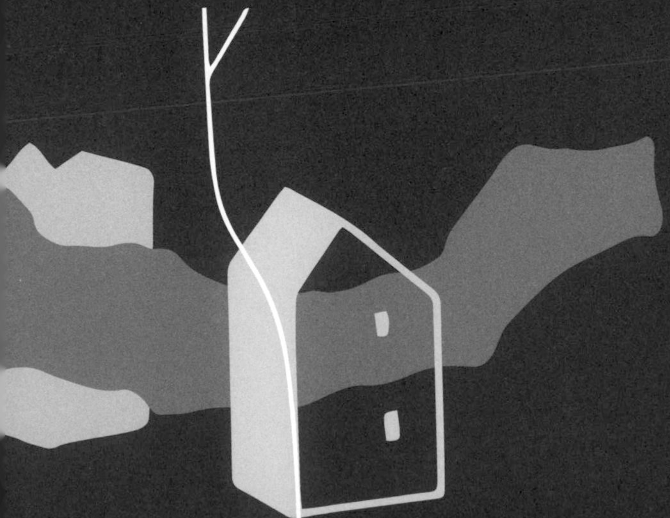

圓仔花

1

圓仔花不知醜，大紅花醜不知……

大概要三、四十歲的人，憑藉小時候曾經叨唸過兩句類似口頭禪又類似童謠的字句，才會想起這兩種花朵的姿影。

圓仔花叫千日紅，花朵像一顆顆紫紅色湯圓，這草花花期長且一開就肆無忌憚地一大片；而大紅花指的是開著大紅色花朵的朱槿，這種常綠灌木花色多名稱也多，整叢朱槿一旦花朵綻放，等於鬧節慶時張燈結彩放鞭炮，喜氣洋洋。

早年，宜蘭鄉下隨處可以看到這兩種花成群成叢地嬉鬧，大人小孩都把它們當沒人愛、上不了檯面的野花看待。小孩子若是到鄰居園圃或庭院採摘其他花朵，往往等著挨罵，只有捧著這兩種野花朵去辦家家酒，縱使摘滿滿一斗笠，也沒人管。

整年下來，大概僅有農曆中元普渡例外。家家戶戶拜老大公時，供桌上除了豐盛牲禮，必然擺一對花瓶，瓶裡會插滿一大束不知醜的圓仔花和醜不知的大紅花，且將它們修剪打扮得妖嬌美麗，充當親善大使去討好另個世界的好兄弟、老大公。

可近二、三十年來，已經少有人看過圓仔花，大家都猜，恐怕是絕種了。偶爾看到大紅花，全被冷落一旁，連老大公都改變習慣，看著那些從花店裡買回的真假莫辨的花朵笑呵呵。

一向被認為最草賤最容易存活，不需要人刻意播種栽植照料，便能夠隨地開得鮮豔燦爛的野花，說不見就不見，難免教人有點悵然唏噓。

如果你來宜蘭鄉下，想找圓仔花或大紅花蹤影，詢問對象正巧是我小時候村裡的長輩，那算有了真正耳福。

年長的村人，和所有老人一樣，必須不斷地懷想舊日時光去找回自己，所以他們能夠記住的，就不單是一簇簇美麗的野花朵，還會有個被全村人叫她圓仔花的女孩。

2

這女孩，眉清目秀，皮膚白皙，嘴唇紅潤，可惜天生兔唇。遠遠看她，彷彿嘴巴銜著兩朵圓仔花。

先是老一輩叫她圓仔花，接著整個村的人跟著這麼叫。

「唉——」外地人看到圓仔花總要長嘆一口氣，對熟識的村人說：「她應該是你們鄉下最漂亮的女孩，竟然破相，真是可惜呀！」

進而便會出現某些自以為見識廣闊者，大發議論。把圓仔花破相怪到這孩子的前世業果，說她上輩子太愛搬弄是非，今生投胎沒教她瘖啞，僅僅缺嘴算幸運了。

也有人將圓仔花兔唇肇因，歸咎於她母親。指責她母親懷胎期間，肯定在王公廟神明面前口無禁忌地亂說話，挺著大肚子還持刀剪針線朝穿在身上的衣服裁剪縫補，甚至繪聲繪影說她母親偷吃了神龕供桌上的水果糕餅。幾乎把鄉下世世代代流傳下來，所有孕婦不宜觸犯的禁忌事項，全套在圓仔花母親身上。

而這些顯然都屬胡亂猜測，並無任何事證足以證實。因為，包括我們村和鄰近幾個村莊，沒有任何一個人曉得誰是圓仔花的父母。

廟公發現圓仔花的時候，她只是個出生幾天的嬰兒，用花布拼湊的包袱巾裹著，棄置王公廟門口石獅子腳下。石獅嘴巴裡塞了一束盛開的白蝶花，大概是刻意要吸引人們注意。

那天早晨，廟公一如往常準備去開啟廟門燒香，兩腳剛踩進廟埕，打老遠便瞧見石獅子嘴裡銜著那束白亮耀眼的蝶花，以及基座下那個花布包袱。

他原以為哪個信眾起大早送來拜拜供品，走近細瞧，嚇了一大跳：「唉呀呀！到底是哪個父母那麼粗心，把孩子放這裡？野狗來了怎麼辦？」

小嬰兒睡得很甜。被陸續到廟裡燒香的信眾吵醒也不哭不鬧，只是不停地舞動小拳頭，搓揉鼻子和緊閉的眼睛，然後再塞進嘴裡吸吮。

大家這才看清楚，小嬰兒上唇從中斷裂，開了個口子，宛如涵洞閘門被抽掉擋板，不時有口水從露出紅嫩牙齦的地方流出來。看到的人莫不像觸電那樣倒退一步，驚聲怪叫。

直到曉得嬰兒性別後，總算得到幾分安慰似的下了個結論：「好在是查某囝仔，查某囝仔菜籽仔命，將來當個佣人去伺候人也不至於餓死！若是查甫囝仔，長大肯定娶不到老婆。」

3

沒父母照顧的孩子，似乎很快能摸索出生存之道，好飼養又乖巧。圓仔花個兒還沒長到掃帚高度，就能連拖帶拉地將廟裡廟外掃得乾乾淨淨。到了她眼睛能瞅到紅供桌桌面，即主動拿塊抹布，踮起腳尖、伸長手臂，順著四邊桌沿盡量朝裡擦拭。

剛開始，桌子中央總留下一塊荒蕪地帶，任她怎麼搆也搆不著。直到某天黃昏，看到附近男孩搬來椅子偷摘路邊水果，她立刻學樣用小板凳墊腳，把那塊荒野地的塵埃抹個乾淨，讓整張供桌天天保持漆亮。

家境清寒的信眾，手邊拎著一小袋牛奶糖、兩顆蘋果、幾根香蕉到廟裡拜拜，連自己都覺得寒酸難為情，沒料到廟裡供桌變成鏡子之後，每個人心底皆踏實多了。因為一小碟牛奶糖擺上供桌立刻映照成兩碟，一對蘋果變成四顆，一串香蕉變兩串。場景變幻，似乎連坐在神龕的王公都能感受到。

有的婦人眼看圓仔花小小年紀竟那麼懂事勤快，不但要自己孩子跟她學，等拜拜儀式完成，多少會抓幾粒牛奶糖或掰根香蕉給她。

圓仔花不但趕緊閃躲，還將雙手緊緊反扣背後。得要廟公點頭，她才接納。

4

我們鄉下，不管家裡有錢沒錢，都有一門共通的餐飲規矩——父母會在吃完飯時提醒孩子，要吃光碗裡飯菜，將來才不會娶到缺嘴或嫁個缺嘴的配偶。

但言者諄諄，聽者藐藐，過去幾乎沒有哪個孩子當它是一回事。出現兔唇圓仔花這個活生生例子做為餐飲教育素材，再頑皮粗心的孩子，也不得不警惕收斂，乖乖把碗裡的菜餚與飯粒扒得清潔溜溜。

不管童伴蹲踞門口等著結伴去玩耍，或是飯裡多淋了醬油鹹得難於下嚥，大家都得硬著頭皮，扒光碗裡飯菜，連湯汁全喝得一滴不剩。

孩子甚至彼此學樣，吃完飯時會將頭往後仰，讓已經粒米不剩的空碗像帽子那樣蓋在臉上，方便伸出舌頭繞圈子去把碗壁舔了又舔才罷手。

我敢說，在那個年代，我們村裡孩童使用過的飯碗筷子，大概是整個地球最乾淨的碗筷。這正是圓仔花為鄉下人餐飲教養，起了了不起的作用。

很多人認為，肢體殘缺或顏面破相的孩子，通常會比較認分。圓仔花不但把廟裡地板桌椅清潔工作，以及杯盤器皿清洗做得有條不紊，閒下來還幫廟公捶背，纏住老人家學寫字。

上小學之後某個寒假，她主動要跟廟婆趕鴨群討冬。在跨越田埂時，竟然被一根大銅針給刺穿腳底板。這扁鑽形銅針，其實有點像縮小了許多倍的雙刃匕首，專門用來縫製盛裝稻穀的麻布袋，一般叫它布袋針。

所幸圓仔花從小習慣赤腳走路，已磨練出一層厚腳皮，而未被傷及真肉。村人說，可惜她不是個男孩，否則將來當乩童上刀梯、踩炭火堆、走釘床，肯定比任何廟裡的乩童都厲害。

5

等圓仔花再長大些，廟公認為小孩子除了讀書認字，更需要學點謀生技能。只要碰到不必上學的日子，便讓圓仔花到村裡的小吃店端菜洗碗，目的是讓她學些烹飪技巧。

小吃店位於鄉公所對街，每天大清早員工上班簽到，中午用餐休息，傍晚下班鐘聲響過的幾個時段，無論晴雨，架在鄉公所窗口那具超大型擴音喇叭，總會被工友弄得咿哩哇啦響，轉播廣播電台新聞節目，和一些字正腔圓的相聲與國語歌曲，尤其是中央廣播電台「自由中國之聲」。

這個擴音喇叭大得像圈雞罩，一旦響起聲音即如雷貫耳，傳得老遠，讓圓仔花尚未學到如何燉煮煎炒之前，光用兩隻耳朵聽著聽著，很快便學得一口流利的北京語，外加不少國語歌曲。

她唱歌時，若不盯著她嘴形瞧，只聽那夾帶嘶嘶聲的歌喉，還真的相當獨特，那種跟一般人不一樣的腔調，蘊涵了某種吸引人的磁性，簡直就是從鄉公所那個擴音喇叭直接播出的歌星唱腔。

小吃店是村中極少數買了收音機的住戶，老闆把它像祖宗牌位那樣高高地供在牆上一個木頭箱子裡。收聽頻道主要鎖定國台語小說選播及廣播劇，這也教圓仔花了解到更多成人天地的人情世故。

有一天，海邊駐軍部隊指揮官請鄉長帶幾個課長到小吃店餐敘。鄉長讀過日本書和漢學，平日能聽懂一點北京話，但面對指揮官那濃濁的大陸內地口音，差不多只能猜到個三四成，其他課長同樣不見得高明。

大夥兒彷彿面對個紅頭髮、藍眼珠、白皮膚的美國大鼻子，在露天電影布幕裡講ＡＢＣ，為了不使自己形同柴頭尪仔呆愣著，只能不時地陪著嘿嘿嘿傻笑。

冷盤上桌，指揮官端起酒杯向所有人敬酒後，夾起一片香腸和蒜片，朝年輕的鄉長問道：「香腸親吻厲鬼跟呀？」

鄉長跟幾個課長聽得面面相覷，小吃店老闆認為指揮官想知道他切了幾根香腸在盤子裡，趕忙伸出三隻指頭插嘴說：「三根，三根，總共切了三根香腸，不夠吃我馬上再切。」

指揮官知道自己鄉音重，立即請陪同前來的軍官重新說一遍，這個軍官張開兩隻手掌，恍如彈動琴鍵般，將十隻手指舞呀舞個不停，一面以國台語夾雜地說：「我們豬血肝，是想要清溝鄉長，你芝麻鬼祟，你今年有幾多穗啦！」

結果還是雞同鴨講，大家統統莫宰羊。鄉長靈機一動，要小吃店老闆到水井邊把忙著洗碗盤的圓仔花找來，充當翻譯。

圓仔花說起話來，雖然帶點嘶嘶的漏風聲，卻是村中最懂得說北京話聽北京話的人。這點連我們鄉下小學校長、老師都比不上，因為校長、老師及鄉公所公務員，全是接受日本教育長大，了不起再讀個三年初中或職業學校，說話腔調早已定型，國語發音大多只能現學現賣。

這回好在有個圓仔花居間翻譯解說，總算賓主盡歡，同時讓那個左右肩膀各開了兩朵梅花的指揮官，對圓仔花這個兔唇女孩留下深刻印象，經常買些書刊和文具送給她。

後來，部隊移防到別縣市或外島，這個指揮官仍不忘寄來書刊和文具。

圓仔花小學成績一直非常突出，卻禁不起周邊同學嘲諷她兔唇，任憑廟公怎麼說勸就是不肯去考中學。除了王公廟例行清潔工作，她很快成為小吃店主廚，店老闆從此樂得輕鬆地交出鍋鏟爐灶，整天泡在村長雜貨店下棋，要不然就跑到王公廟找廟公天南地北的聊。

6

圓仔花十七歲那年，那個指揮官突然穿著筆挺的西裝，帶了好多禮物，由鄉長陪同到廟公家裡。他告訴廟公，想把圓仔花帶到身邊照顧。

廟公原以為指揮官跟他一樣，想收圓仔花當養女。兜了圈子才明白，對方目的是要娶圓仔花當太太。這簡直像一場突如其來的西北雨，把心裡毫無防備的廟公兜頭淋得渾身濕透。

按鄉下習俗，女孩子長到十六、七歲確實得趕緊嫁人，讓娶她們的少年家能及時在入伍當兵前傳下後代。廟公和他老伴眼看圓仔花一天天長大，十七一過就十八，夫妻倆正愁著要找什麼樣機緣才能把破相的女兒嫁出門，沒想到如今真有人願意娶她，卻偏偏是個比女兒足足大了二十幾歲的男人。

廟婆則擔心，指揮官長得一表人才，年輕時肯定娶過太太，說不定唐山還留有兒子女兒，足以當圓仔花的兄姐。

但不管怎麼說，一個沒有嫁妝又缺嘴破相的姑娘，除非和流浪街頭的乞丐送做堆，否則一輩子恐怕不容易嫁人。

指揮官要娶圓仔花當太太，消息迅速傳遍整個村莊，難免引起村人議論。有人認為，什麼人不好嫁，何必嫁給一個年紀差那麼多的老男人。更有人義正詞嚴地為圓仔花抱不平，說那個指揮官不就是想拿幾個臭錢，買個老實的鄉下女孩使喚。

當然也有人平心靜氣地向廟公進言，要他退一步想。像鄉長就連跑了兩三趟，他勸廟公：「女孩子最值錢在顏面，外觀一旦破相，條件便差多了，有人不嫌棄願意娶她，我們應該為她高興。何況對方已經當了不小的官，身強體健，算算不到四十歲，又單身一個人在台灣，圓仔花嫁過去不會有公婆姑嫂釘啄欺侮。說實在，這種女婿沒什麼好嫌好挑剔了。」

廟公廟婆衡量再三難作抉擇，多次徵詢圓仔花意願，只見她每回都毫不遲疑地點頭，也就心軟了。

婚宴儀式全照著我們鄉下規矩，新婚洞房安排在宜蘭街一家大旅社，第三天帶新娘子回門後，再搭火車到他南部駐地安頓。

臨上車，廟公雙手緊緊握住指揮官雙手，似乎忘掉對方已經是自己的半子，竟然不停地向對方點頭示好，懇求善待圓仔花。

廟公想到女婿可能無法聽懂他說的閩南語，伸手把太太、圓仔花攬到一塊兒，然後一個字一個字地跟女婿說：

「你不嫌棄我女兒是我們的福氣，萬一哪天你不想要她了，千萬請你記得送回來還給我們，她一輩子都是我們的女兒，我們永遠不會嫌她醜。」

7

圓仔花出嫁好幾個月，甚至連過完農曆除夕的大年初二，都沒看到這對新人回來過，實在令村人納悶。

據廟公說，軍隊不像我們老百姓機關學校，他們越是碰到過年過節，勤務越是緊張，還好女兒女婿經常來信，也常寄些南部土產回來，算沒白疼了她。

可也有人認為，這應該是廟公愛面子的說詞。好事者故意跑去找鄉長聊天，想從這個大媒人身上打探事情原委。當時鄉長正忙於處理手邊公務，只說相關新聞最近報紙已經刊登了很多，要對方翻翻報紙自然明白。

「咦，我們村裡的圓仔花出嫁那麼久，連大年初二也不回娘家，為什麼要看報紙才能明白呢？這大媒人簡直當假的嘛？」

於是幾個人攏到村長雜貨店翻了一堆報紙，結果無論新舊，從頭一版第一個字開始，搜到最後一版最後一個字，包括洗衣粉、味素、強胃散、電風扇、電鍋廣告，翻遍了，根本找不到圓仔花三個字。

回過頭找鄉長，鄉長坐在沙發椅上哈哈大笑，反問眾人：「你們沒看到中美聯合軍事大演習的新聞嗎？它已經連續登了兩三個月哩！」

「有呀，有呀！演習新聞是登了兩三個月，這跟圓仔花回娘家有什麼關係？又不是拿竹篙鬥菜刀，拎秤錘燉火鍋？」

「唉，大家都當過兵，用膝蓋想也知道，國軍要反攻大陸，便要多多與美國軍隊合作，學學人家的戰法。這次在南部舉辦大規模聯合軍事演習，廟公女婿正駐防當地，肯定要參與。大家清楚演習視同作戰，尤其這種大演習三軍統帥都會親自督陣，誰能請假休假？而且軍事行動一切講保密，如果你是那個必須參加演習的指揮官，你能公開說我因為帶領部隊參加演習，所以不能帶太太回娘家？」

有人辯駁說，指揮官參加演習，圓仔花又不是軍人。鄉長笑著請大家一起喝口茶水，繼續說道：「老尪疼嫩某，自古以來都是這樣，你們說，誰能放心讓個十幾歲從未出過遠門的鄉下女孩，單身從南部搭那麼遠的車，途中還得轉好幾趟大小不同的車輛回來呀！」

不愧是鄉長，幾句話就把眾人說得啞口無言，趕緊將面前剩下的茶水一口喝乾，摸摸鼻子，調頭走人。

8

大概在圓仔花出嫁一年半之後，終於由指揮官陪著回到村子，懷裡還抱個胖嘟嘟的女娃兒。

村人伸長脖子圍觀，主要是想瞧瞧那嬰兒的嘴唇，會不會傳了圓仔花。當大家看到小女娃嘴唇完整無缺，個個興奮不已；等抬頭發現圓仔花的上唇竟然同樣變成完整無缺時，更讓大家驚呆一旁。

指揮官知道村人心底疑團待解，便用圓仔花教他的閩南話告訴大家：

「多謝厝邊鄉親們關心，阮某看過醫生，已經完全好了。」

人群中一個小學生，突然高聲且重複地唸了一句——圓仔花真婧，大蕊細蕊攏總婧。逗得大人小孩嘻笑一團。

暗地裡，大家對圓仔花的兔唇如何修補無不好奇。等一家子回南部後，村人想從廟公廟婆那兒了解真相，廟公苦笑說：「我們當了人家十六、七年的父母，根本沒能力送她去治療，現在怎好意思去追問她怎麼動手術？花了多少錢？」

問題越是找不到答案，越是教人心生好奇。於是傳出了各種說法，任誰都弄不清真假。

有人說，人家台北高雄那些大都市的外科醫生手術高明，一定是先把圓仔花嘴唇修薄，再利用切下來的肉片補到上唇缺口。

有人卻說，又不是剁肉醬搓丸子，實在不必冒險在那小小的嘴唇上切割，萬一失手豈不是把嘴唇挖出更大缺口？如果自己是醫生，嘿，直接割了圓仔花屁股肉或大腿肉來修補就可以了呀！

小吃店老闆則認為，大家全猜錯了，以老乪疼嫩某的道理看來，割來修補的肯定是指揮官的大腿肉。

儘管小吃店老闆這輩子裁切過許多肉類，村人對此說法仍然質疑，幾乎是異口同聲地問他：「你怎麼知道？」還有人加了一句：「你又不是幫指揮官端洗腳水的傳令兵！」

「我就是知道！怎樣？」老闆微微仰起腦袋，神氣地說：「有一回，指揮官跟鄉長在我店裡吃飯，不斷地稱讚圓仔花又乖又聰明，應該可以找外地大醫院幫她動手術。說到高興時，把自己褲管朝上捲，露出左小腿肚表示，任何時候需要割塊肉去補，就來割他的。他把腿肚往前擠，顯現一處不小傷疤，說那是解放軍砲彈削出來的，既然留個疤了，多割下一點也看不出什麼兩樣。」

經過小吃店老闆一說，大家不再猜來猜去，只是心底多少還是不願意去相信它的真實性，畢竟肉是補在圓仔花上唇，如果真是從一個軍人腿上挖下來的，萬一哪天從那兒長出一撮黑腳毛，豈不像男人長鬍子，那可怎麼辦？

但不管村人愛怎麼猜測，全村的父母對孩子們餐飲習慣養成做法上，已經悄悄做了修正。一旦孩子碗裡留下剩菜剩飯，便不再像從前所強調，會娶到兔唇的某或嫁給兔唇的尪，而改口說，將來婚嫁對象肯定是滿臉麻子。

村裡和鄰村的野地裡，已經很多年看不到圓仔花綻放的蹤影了，廟公撿來養大的棄嬰圓仔花早已長大嫁人，成為人妻人母。村人對於——圓仔花不知醜，大紅花醜不知，這樣聽來耳熟，卻又變得陌生的過往，便少有人繼續去探個究竟了。

更多的年輕人，甚至不知道鄉下曾經流行過這樣一句話。

（原載二〇一六年三月十六—十七日《聯合報》副刊，及二〇一六年五月八—十三日《世界日報》小說世界）

天書

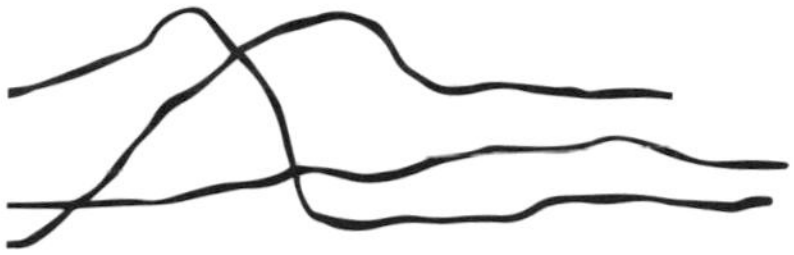

1

村裡的人，都曉得水旺仔勉強念完小學，書沒好好讀，認字當然有限。卻沒有人懷疑過他算命看相的精確度，以及驅邪捉鬼的本事。

正如王公廟廟公說的：「人有百百種，縱使外表相似，頭殼底藏的並不一樣。」

廟公怕大家不明白，特別舉例：「有些人，光看他臉上笑容，把眼睛眉毛鼻子揪成一團而咧開大嘴呵呵笑的模樣，便被認定是個白痴加三級；可這個人硬是讓你看走眼，他在某一方面不但智慧過人，絕對是個天才。

「就像有人沒學過畫，一旦拿起紙筆顏料，畫龍畫鳳畫山水、畫雞鴨花蕾畫樓仔厝，統統難不倒他；也有人不曾拜師學藝，自己操起刀鋸鑿鉋，很快釘出美觀又實用的桌椅櫥櫃，連電視台記者都跑到鄉下來拍電影。」

水旺仔就屬這類天才，因此全村老老小小叫他水旺仔仙。

村人對衛生所醫生打針用藥治不好的冥頑痼疾，一定去找水旺仔仙；某些醫生診斷沒傷痛沒發炎，只是心裡纏個遠近寺廟道壇解不開的死結，最後想到求助的對象，正是水旺仔仙。

甚至有人對已經由醫生醫好的病痛，同樣要拐彎抹角地，再找這個仙仔追究個來龍去脈，好明白到底是什麼東西居間作怪。似乎必須如此，才能真正摳出卡住心頭那粒石頭，免得繼續窩在身上，年代久了長出青苔冒出毒芽。

村人的信任，讓水旺仔仙跟家家戶戶貼在牆壁的農民曆、春牛圖一樣，成為家居生活必備寶典和經書。

2

為什麼用寶典或經書形容一個人？主要是早年鄉下人認字用詞有限，

不懂得找出更貼切的譬喻。

直覺認為，人世間能夠解答許多難題的，非得出家人手邊的經書，教漢學先生腋下的線裝書莫屬，而孩子上學放學裹在包袱巾當中那本字典，同樣是生活寶典。只要勤於查閱，肯定萬事皆通。

不管問題粗細繁簡，皆能在這些簿冊裡頭找到答案，比戲台上孔明搖著羽毛扇子調兵遣將打仗還要厲害，所以拿經書或字典來稱讚一個人，錯不了。

後來，大家在鄉公所廣場看過幾次露天電影，從政令宣導片《新聞專輯》部分，常見軍隊操練鏡頭。畫面中少不了出現幾個身材粗壯、戴著遮陽墨鏡的大鼻子洋人，無論白人黑人總是站在機關槍、大砲，戰車旁邊，對著一群阿兵哥指指點點。要不然就是兩手扠腰，盯住阿兵哥鑽進刺鐵絲網底下，學小狗那樣爬來爬去。

負責講解電影內容的人說，這些手裡拿教鞭的督鼻仔是美軍顧問。不管高矮胖瘦、禿頭鬈髮，頭上都戴一頂形狀古怪的船形帽，帽頂尖尖，像一艘尖底的小船倒扣在頭上。

正巧水旺仔仙幫孩子收驚收魂時，也戴那麼一頂酷似美軍顧問頭上的司公帽，只是顏色不同。於是，大家便把新學到「顧問」這個名詞，加在水旺仔仙頭上。

從此水旺仔仙不僅是村人的春牛圖、經書、字典，更是眾人心目中的顧問。也許，因為有太多名稱適合安在水旺仔身上，叫著叫著，大家到最後還是回到原初的叫法，叫他水旺仔仙，簡稱仙仔。

3

誰都弄不清楚，水旺仔仙滿肚子學問究竟從何而來。

根據老一輩的鄰居說，水旺仔小時候在河床放牛時，常常有個老人找他下五子棋。老小就地挑撿石子，盤坐地上廝殺。

許多過路人覺得這老人越看越面熟，總以為是某一家長輩或遠來的親戚，卻沒有哪個人真正認得出他是誰。最後只好把老人跟水旺仔歸屬同一國——剛從土裡鑽出來的怪獸。因為老小二人頭臉四肢到處沾滿泥巴。

等到水旺仔長大之後，竟然當起廟裡的乩童，扮演通靈人角色，村人才打自己記憶中去推敲底細，終於恍然大悟：「唉呀！那個經常和水旺仔下棋的老歲仔，不就是附近牛埔王公廟的大王公本尊嗎？水旺仔既然得到牛埔王公加持，本事絕對高強。」

「對，對，對！」人人變成事後諸葛。

事情有了清楚來歷，等於到深山老林裡探出水流源頭，等於領到了該有的執照或考試及格證書，大家對水旺仔能視破妖魔鬼怪使出的伎倆，擔任神明代言人，當然深信不疑。

4

有一回，阿川嬸抱著週歲的孫子去找水旺仔仙，說小娃兒經常夜啼，動輒吐奶、拉出青色黏稠的稀屎，不知道沖犯了什麼？

水旺仔像常人逗弄嬰幼兒那樣，先將自己手掌快速用力地搓動十幾下，不知道是去除手上泥垢，抑或是藉摩擦提升手掌溫度之後，才伸手把娃兒粉嫩的臉頰往左往右撥了兩回。再用手指輕輕地捏了捏孩子手臂，順了順有點上翹的耳垂。

等小娃兒揪成一團的五官回復舒展，不再縮頭縮腦扭動小腦袋瓜時，水旺仔仙才再度伸手，從嬰兒額頭往囟門頂上，撥弄那稀疏細柔的黃褐色頭髮。

最後，水旺仔仙半瞇著眼睛，把右手臂弓到胸前，用大拇指來回不停地點數著另外四根指頭，口中念念有詞地叨念一番，緩緩地吐出一口大氣，彷彿肩挑重擔經由翻山越嶺回來那樣，張開眼睛對阿川嬸說道：「不要緊了，只是受到一點驚嚇，注意不要讓你這個金孫受到風寒，過兩天就好了。」

聽到仙仔鐵口直斷，阿川嬸跟著吐了一口氣，笑著問：「仙仔，依你看，我這個孫子以後有沒有出脫？」

水旺仔仙再次朝向娃兒臉蛋仔細搜巡一回，那娃兒也睜開靈活珠亮的眼睛，絲毫不怕生地隨著仙仔晃動的腦袋瓜打轉。

逗弄一陣子，水旺仔仙不急不緩地回應阿川嬸問話，說道：「這個嬰仔聰明活潑，將來大好大歹，調教得好確是個人才，不是做大官便是賺大錢。嬸仔，這些不用你老人家煩惱了，囡仔好歹是他老爸老母該操心。唉！人說兒孫自有兒孫福。嬸仔，妳吃飽閒閒有氣力時，抱來逗弄逗弄，歡歡喜喜就可以了。」

阿川嬸聽出水旺仔仙掛了一條話尾巴，心裡多少有點疙瘩，只能吶吶地告訴水旺仔說：「仙仔，我孫子幾天前度晬抓周，抓到一串銅錢哩！」

水旺仔仙笑笑，然後半是自言自語地叨念一句：「真好，真好，將來吃穿不愁！」

其實他嘴裡還真的含著半截沒說出來。那半句話是「銅錢畢竟沒有鑽石或金子值錢哩！」

阿川嬸這幾年患耳背，任何聲音聽進耳窩裡，總夾雜配樂，通常必須同時觀察對方臉上表情及嘴形翕張，才能真正明白對方說些什麼。

這回她看到水旺仔仙一臉笑嘻嘻，嘴唇上下動了幾下，好像回味著牙縫裡掉出來的土豆屑，說出口準不是難聽話，便不再追問，抱著小孫子呆在那兒，等待水旺仔仙做進一步開示。

「我講的沒不對啦！」看到阿川嬸沒有挪開腳步的意思，水旺仔仙把音量再提高些：「嬸仔，妳這個金孫嘴巴大，人說闊嘴吃四方，像咱村內人常講的『有毛的可以吃到棕簑，沒毛的可以吃到秤錘』，換句話說，他什麼錢都賺得到，什麼錢都捨得花。」

水旺仔仙當然不會忘記安慰老人家：「有這種大氣派，比較容易招惹別人眼紅，不過這些事等他長大自然有智慧去注意，妳老人家大可不必去為孫子幾十年後的事，操煩那麼多了！」

「多謝，多謝啦！」阿川嬸這才邊點頭，邊騰出右手打褲腰間掏出用紅紙捲好的錢鈔，像一截燒剩的小蠟燭塞到水旺仔仙手裡。

水旺仔仙對村人給多少錢紅包從不在意，也從不透露誰給多誰給少，遇上家境窮困或年紀大的老人，他通常只肯收下紅紙或紅紙袋。

5

還有一回，鄰村火樹嬸好不容易等到最小的媳婦幫她生個孫子，出娘胎擱在腳盆洗澡時就顯得手長腳長。

那只木頭箍的腳盆不算小，以前幫幾個剛出生的孫女洗過澡，不曾發現有哪個嬰仔礙手礙腳。

有鄰人說，歷史上可以證明，火樹嬸這個小金孫肯定是好命囡仔。理由是戲台演的《桃園三結義》裡面，就有個流鼻仔拳腳功夫雖然不怎麼樣，卻因為手長過膝便做了皇帝。

話題傳開，有人雞婆地跑去問水旺仔仙，歷史上是不是真有一個流鼻仔，僅僅因為雙手很長長過膝蓋，老天爺竟然糊里糊塗地要他坐上龍椅？

水旺仔仙笑著說：「你們說的是關聖帝君的結拜大哥劉備，是劉備啦！不是什麼流鼻仔。一個人要是常常流鼻涕，兩隻手光顧擦鼻涕忙都忙死了，怎麼可能當皇帝？」

「喔，以後看戲可要專心一點，才能學到東西哩！」這是村人從水旺仔仙身上又得來的學問。

6

記得小學時期，水旺仔年齡比同學大幾歲，骨架個兒也粗壯許多，講話做事粗里粗氣。可真有他細心靈巧的一面，不管製作風箏、蘆笛、水槍，或是刻陀螺等都有不錯的手藝。

有一年暑假，他看過廟前一齣戲之後，認為諸葛亮那麼聰明有計謀，說穿了應該是手裡那把羽毛扇子扇出來的。

於是到處去追火雞，拔了火雞尾羽，紮成一把扇子塞在褲腰，用上衣下襬遮掩。每當老師面向黑板寫板書，他會偷偷抽出來扇涼。可惜扇不到一個學期，便被巡堂路過的校長沒收了。

學生被沒收的玩具，像芭樂柴雕刻的陀螺，竹篾編的扇子，鳳梨罐頭做的鈴鐺，竹製的水槍竹劍，布縫的娃娃或小狗……，到學期末了即排列在升旗台上，讓同學各自領回。而水旺仔拔了火雞尾羽編製的孔明扇，大概是創校以來唯一被校長列入永久收藏的寶貝。

每天上午第二節下課，全校師生必須到操場集合，跟體育老師一二三四五六七八、二二三四五六七八地甩手扭腰，做課間伸展操。也就在這個時段，大家都會看到校長大人走出辦公室，順著教室走廊到另一頭去蹲廁所。

校長嘴上始終叼根香菸，腋下則夾著報紙，空出來的右手用來搖動扇子扇涼趕蚊子。那隻扇子，正是從水旺仔手上沒收來的孔明扇。

7

水旺仔編到我們班之前，曾經留級過幾次，拿到小學畢業證書當天，形同囚犯放出大牢，摘下胸花，立刻歡天喜地回家幫他老爸種田。

我進高中那年，他準備入伍服兵役，於是家裡趕忙幫他娶了太太。等我大學畢業服完兵役，在外地繞了一圈，輾轉回鄉下教書時，他兒子已經坐在我的教室當學生。

這個小水旺仔名叫大柱，模樣酷似他老爸，腦袋瓜裡頭裝的材料卻大大不同。老天爺似乎刻意把他老爸讀書時沒能發揮的才智，全部轉送到他身上，難怪遠比其他孩子聰明伶俐。

水旺仔在農會穀倉屋簷下的攤子，一擺擺了二、三十年，受到整個沙埔仔村與鄰近幾個村居民信賴，尤其後來幾年找他求助的越來越多，影響到某些季節性倉儲作業，才不得不搬回自家客廳開設道壇。

而我和他最常接觸的階段，正屬他擺攤那些年。我每天從家裡騎腳踏車到學校，一定經過水旺仔的攤子。

大老遠地，若是隱約聽到收音機廣播聲響，就知道他難得清閒。如果時間許可，我會停下來同老朋友瞎聊一陣。

我發現，水旺仔除了從收音機收聽國語小說選播，還用鉛筆在撿來的紙上塗塗寫寫。寫什麼？他連我都不讓看，所以沒人知道他寫些什麼。我猜，他忙於幫人排命盤吧！

某次，水旺仔勾著頭認真地翻閱手上一本書冊，讀得非常入神。我把腳踏車停在路邊，朝他攤位走去，故意加重腳步踩踏出聲響，直等到了他面前，他才查覺有異，趕忙將那書合起來，塞到桌子底下的木頭箱子裡。眼神慌張，宛如學生作弊或闖了禍當場被逮到那樣。

在他合起書頁瞬間，我瞥見那本冊子，很像街上租書店出租的武俠小說，封面用牛皮紙加了一層，書脊兩側則拿粗棉線縫成「片」字狀，以防經年累月翻閱後，散了冊頁。

我問水旺仔：「仙仔，你看的是武俠小說？還是什麼妖精鬼怪的色情書刊？」

水旺仔一臉尷尬地笑著，且不停地搖擺腦袋，沒回答我。但這一笑，已經教我跟著他一起高興。

我為他高興的是，他已經不是從前和我同坐一張課桌，只顧貪玩而不愛讀書的憨大呆。看來，他似乎與書本及文字握手言和，化解了前世冤仇。

8

若說幫人算命解厄是一門學問，我能夠確定水旺仔這些學問應該靠自學來的。因為他和大多數村人一樣早睡早起，農忙時下田農閒時擺攤，不太可能再進修，去讀民眾識字班或到廟裡讀漢學尺牘。

可我知道，水旺仔曾經喜歡翻閱早年流行的「古冊」。這種方形小冊的圖文故事書，約略成人巴掌大小，使用粗糙且帶點淺褐色紙張所印製。

古冊裡的故事，包括西遊記、七俠五義、水滸傳、紅樓夢……，冊頁畫的盡是白描勾勒的古裝人物與亭台樓閣，每頁一幅，畫框外緣則搭配情節極簡單的文字說明，甚至連續幾頁不著隻字片語，絕不囉嗦。

不必讀者費神於文字雕琢，單憑一目了然的圖繪，即將每個人的心懸吊在半空中。我想，這是古冊作者聰明的地方，也是吸引水旺仔及所有讀者的原因。

這種講古的書，往往把整則故事拆成好幾集分冊印刷。各集遍布曲折離奇的情節，任何人看到每一集最後一頁「且聽下回分解」幾個字，總是意猶未盡，趕緊摀住褲襠跑到牆角解放後，再回頭把腦袋栽進另一回合。

當張飛的丈八蛇矛，關雲長的青龍偃月刀和劉備的雙股劍，已經跟呂布手裡的方天畫戟分別交纏了三十回合、五十回合，一頁又一頁地接連翻過，打得昏天黑地不可開交，教人看得傻眼喘氣的時刻，任誰也找不到空隙轉移視線，去看作者在書頁邊上畫蛇添足地嘮叨。

古冊出租攤通常擺在市場或廟口，木箱釘的書架隨時隨地都能展示，無論大人小孩花個幾角錢，便可以就地坐在小板凳閱讀。有些書，一旦出租次數多了難免破舊，老闆會以低廉價格拍賣，讓讀者帶回家。

水旺仔和我們鄉下窮人家手上能有古冊，就是這樣來的。縱使少了封面或缺個一頁半頁，讀起來仍舊津津有味，教人手不釋卷，忘寢廢食。

9

與古冊同時風行的閒書，是武俠小說和漫畫書。不但學生看、家長看，連學校的老師校長幾乎無一不看。

我讀那所中學，三年內換過兩任校長，他們像印信交接和公文移交似的，都屬超級武俠小說迷。訓導主任和某些老師為了巴結校長，經常突擊我們學生書包，明裡說要查誰偷抽香菸，其實更重要的目標，乃搜查一些武俠小說去「暫時保管」，捧到校長室進貢。等到學期結束要放寒暑假了，才攤在訓導處會議桌上供學生各自認領回去。

好在市區幾家租書店老闆，明白學生處境，一旦有書遭到暫時保管，會主動把租金打了優惠折扣，象徵性地收個意思。

老闆邊將拳頭握成老薑母形狀，輕叩那學生腦殼，邊笑說：「你租那書能讓校長、老師們拿去欣賞，絕對要打個折，這叫尊師重道，懂嗎？」

水旺仔仙喜歡看附有精美插圖的武俠小說，我當然不好意思刺探他看懂多少國字，至少書裡那些插圖任誰看了都喜歡，任誰拿到書總要先把全部插圖瀏覽一遍。

好多年過去，我某次上街路過一家老字號租書店，看到門口張貼半買半送海報。據說是店老闆遭人倒會，每天有人跑到店裡討錢，他只好賣掉書籍、文具去償還債務。

店裡那些殺來殺去的武俠小說，愛得死去活來的愛情文藝小說，或是教人相互起疑猜忌的間諜小說，統統是早年讓我們那一代青少年愛不釋手的讀物。尤其是那十幾本二、三十本才能講完故事的武俠，已經用細繩子綁好，成捆地計價拋售。

我挑了些連環圖畫及附插圖的武俠小說，拎去送給水旺仔。

他竟然愣瞪著布滿血絲的眼珠子，雙手按住那堆書，問我：「是不是要我代賣或代為保管？」

我告訴他：「這些是朋友看了又看才送我的，我全看過了，送你看。」

水旺仔用左手繼續按住那堆書，伸出右手臂用食指指著我說：「嘿！你明明曉得，我能夠認得的字，統統捧到一起過秤，絕對秤不到半兩重，你送這堆書給我，豈不是叫我牽家裡的水牛去戲棚下看戲，儘管牛眼睛睜得再大，怕也看不出個五四三，看了等於白看！」

這回換我愣在那兒，不得不帶點結巴的點破他，說道：「好多次路過，我看到你捧著書讀得津津有味呀！我去台北讀書時，還聽說你曾經在宜蘭街一家印刷廠當過師傅哩！」

「哈，哪是什麼師傅。街上那家印版所是我舅舅一個遠房親戚開的，他看中我鄉下種田人力氣大，賞我一口飯吃，讓我在那裡打雜，掃地、捧鉛字、扛紙張，做兵前去了幾個月，又沒讓我認字或排版。」

「那你經常捧在手上的線裝簿冊，究竟是什麼書？」

「這——」水旺仔皺著眉頭搔搔腦袋地尋思一會，才吶吶地說：

「哦，你說的是一本簿子了，那是我用舊日曆紙反面裝訂後，把它當成學生時代作業那樣，在上面塗塗寫寫好玩，不是什麼書啦！」

「哦，原來你私底下藏住練功夫的武林秘笈，可不可以讓我瞧瞧？」

「那多見笑哇！我照人家現成印好寫好的字句胡亂抄寫，你看不懂啦！」他嘿嘿嘿地笑個不停：「我們老兄弟啦！你不要淩遲我吧！」

「我看不懂？難不成你這仙仔寫的是一本天書？」

從第二天開始，我路過水旺仔攤位時，常看到他像個用功的學生，翻閱我送他的那堆武俠小說。不在閱讀的時候，則照樣拿出那本天書翻閱或書寫個不停。專注的神情，看來比他那個兒子大柱還用功。

至於水旺仔的天書究竟寫些什麼？他不給看，我一直無緣目睹。

說實在，我不清楚水旺仔到底認得多少字，能寫出多少個別人能看得懂的字。我只能確定，他非常認真地書寫看待那本屬於自己的天書。

10

每回在課堂上檢查學生作業簿時，我常想到小水旺仔大柱天天耳濡目染，到底有沒有從他父親那兒學得一招半式？

結果發現大柱明明懂得不少國字，對某些筆劃稍為繁瑣的字，即偷懶地用注音替代。找他追究，這孩子光是張開缺了幾顆牙齒的大嘴，呵呵地傻笑。

等大柱升中年級，開學第一天每張課桌上面空蕩蕩地，等待我發放新課本。大柱卻跟共用一張課桌的黑熊，相互傳遞把玩著一本老舊簿冊。

那淺褐色封面與封底，雖然密布著大小不一、黑灰色間雜的手掌印痕，穿綁繫紮成簿冊的白棉繩也被汙染成烏黑，還是被我一眼認出，這應當是水旺仔過去常在攤位翻閱書寫，而沒讓我多瞧一眼的《天書》。

大柱看我睜大眼睛盯住那冊子，便說：「這是我阿爸一筆一劃抄寫的課本，阿爸不肯教我，他說我只要在學校跟老師好好學，以後自然很有學問。」

依慣例，所有老師對學生私下閱讀的課外讀物，都會詳加檢視。這回，我卻覺得不好主動要來翻閱。大柱倒是挺大方地主動將它送到我手上。這才發現，冊子確實用幾年前舊日曆翻面對折裝訂而成，幾乎每一頁全寫得密密麻麻，有鉛筆寫的，也有原子筆寫的。幾乎每一筆每一劃字跡，皆力透紙背，甚至戳破頁面。

舉凡我們鄉下張開眼睛能夠看見的文字和圖案，包括機關學校銜牌：壯圍鄉公所、鄉農會、衛生所、壯圍國民學校、中華郵政代辦所、宜蘭縣警察局礁溪警察分局壯圍分駐所。還有鄉公所布告欄公告上的宜蘭地方法院、台灣省糧食局、省政府新聞處、宜蘭稅捐稽徵處等。

連鄉公所、農會、學校圍牆上那些「光復大陸解救同胞」、「保密防諜人人有責」、「小心，匪諜就在你身邊」的標語，都未疏漏。

另外像商家招牌、路邊張貼的廣告、門聯、汽車站牌、丟在馬路上的菸盒及字紙、錢鈔銅幣上的文字和圖案……，統統是水旺仔仙抄寫臨摹的字帖範本。

例如：瑞成車行、永安中藥店、新樂園香菸、香蕉菸、米酒、太白酒、垃圾箱、台灣銀行新台幣伍圓、台灣省公路局壯五招呼站、往公館、往永鎮、往東港、往宜蘭、全票票價壹圓伍角、客滿、客滿、客滿……

還有幾頁字跡和圖繪，大概是節慶廟會留下的。像鎮安廟、古公三王、宜蘭英仔歌戲團、山伯英台、廖添丁、三羊開泰、四季平安、松竹梅歲寒三友、福祿壽三星拱照……

甚至包括家裡牆上掛的寄藥袋，裡頭的萬金油、葫蘆罐仔胃散、仁丹、救心、征露丸，以及每天在眼前團團轉的司命灶君、祖德流芳、烏沉香、春牛圖、大同電扇，統統沒放過。

幾乎村裡所能看到的大小文字，全被一字不漏地搜羅在這本冊子裡。有些筆劃複雜的字——稽徵、警察、解救、新樂園、壹圓、歌戲團、福祿壽、葫蘆罐胃散、電扇……還重複寫了好幾遍。

有些字顯然少了筆劃，漏了偏旁、戴錯了頂頭；有的字則多架了豎杆或橫梯，不像該有的橫豎撇捺。另外，畫了彎彎曲曲的線條，糾纏成一團絲瓜囊塞進四方盒裡，猛一看以為是水旺仔畫的某種迷魂陣。經我仔細推敲後發現，那應該是政府機關公告末尾所加蓋的首長印章，或是關防的篆字印文。

學生們個個伸長脖子，看我朝著手上的天書時而皺起眉頭，時而又晃起腦袋。大柱開口告訴同學們：「我阿爸常說，我們老師叔仔是全鄉最聰明最有學問的人。所以我阿爸寫的這些，老師叔仔一定看得懂。」

我只能自言自語的告訴自己：「喔，原來水旺仔仙的學問，就是寫這本《天書》、畫這本《天書》，經常複習這本《天書》得來的！」

11

我乘機告訴孩子們，要像水旺仔仙那樣隨時隨地勤於學習，充實自己。

當其他班級小朋友，沉迷於閱讀獨眼龍、蒙面盜、劍俠、義賊廖添丁、白雪公主等等漫畫書的氛圍裡，我班上的孩子已經人手一本自己裝訂成冊的《天書》。

但凡看到什麼，即抄什麼畫什麼；聽到什麼或想到什麼，便寫什麼畫什麼。隨手攜帶的《天書》，讓他們更迅速地認得更多的國字，知曉更多的世事。

這些《天書》有大有小，厚薄不一，有用飯粒黏貼，有用媽媽的針線縫製，有自己搓成細綿繩穿綁的，也有找機會溜進學校辦公室拿釘書機裝訂的。

據說，連他們家裡那些尚未達學齡的弟弟妹妹，都跟著學樣，找張紙折成小筆記本模樣，搋在口袋裡。

我早已養成搋張紙在身上的習慣，隨時想到什麼，隨時掏出來塗寫，而懶得帶筆記本，更沒想過要為自己裝訂天書備用。

和小朋友一起的日子似乎過得特別快，晃眼大柱就要畢業了。班上學生看我經常掏出大小不一的紙張記事，小鬼靈精們湊了零用錢，買來一本堪稱精美豪華的筆記本送給我，說讓我這個老師也能有一本天書。

接下禮物之際，我第一個萌生的念頭，是想把孩子們的美意轉送給水旺仔仙。

可一想到，當年水旺仔並不想讓我看到他在《天書》所寫所畫的內容，而我不但讀了它，甚至把它視同勤寫勤練的教材運用，不免覺得冒犯。於是躊躇多時，再三思量，還是沒敢開口。

如今退休多年，我手邊仍然留著那本天書，即便它只是一本內頁空白的無字天書。

（原載二〇一六年六月十三—十四日《自由時報》副刊）

黃金萬兩

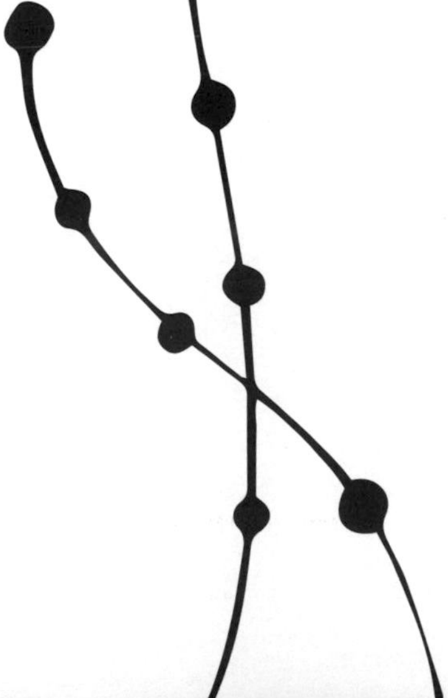

1

很少廟宇設副廟公，我們沙埔村王公廟應當是個獨特的例子。

副廟公黃金萬，本來不叫這個名字。他出生時，媽媽是超高齡產婦，因此他老爸特別選了「根屘」兩個字。

這麼做，等於向村人公開宣示他們夫妻倆已下了決心，確定黃根屘是一打子女中最末尾的「屘仔囝」，不再生了。

鄉下人識字有限，卻大多認得叫出聲音如同「慢」的「屘」字。不管誰生幾個孩子，只要不是獨生子女，總有個排行最後的屘仔囝。任何人不管有幾個叔叔、嬸嬸、姑姑、阿姨，只要不是單獨一個，肯定有個屘叔仔、屘嬸仔、屘姑仔、屘姨仔。

依此類推，當然還有屘叔公仔、屘嬸婆仔、屘姑婆仔、屘姨婆仔……，一路屘過去。

可這個鄉下人曉得的「屘」，真把我們學校老師考倒了。每個老師第一次拿起點名簿點到黃根屘時，全不知道屘字該怎麼唸。校長說不能怪老師，因為翻遍大小國語字典，根本查不到這個字。

每位老師看見這個名字，都像遭到定身法，傻愣愣地呆立講台上。有老師將頭歪向一邊，拿點名簿朝向門窗射進來的亮光瞄了又瞄；有摘下眼鏡，整張臉貼上點名簿，彷彿要嗅出它是什麼味道。磨蹭半天才不得不放棄一切努力，照例有邊讀邊，把屘字唸做尾或子。

二年級那個女導師最乾脆，她將屘字直接拆成兩半，打一開始便喊黃根屘「黃根尾子」。

於是，黃根屘成了黃根尾、黃根子、黃根尾子。小小腦袋瓜起初不知如何反應。後來學聰明，不管老師同學怎麼叫，他一概大聲應「有」！

等黃根屘讀中學，正值校園流行小太保年代。不管玩伴或他校學生，雙方一旦吵架，最後少不得用台語互撂狠話——你緊慢啦！

緊慢與根屘說出嘴，不容易分辨清楚，但誰都懂得緊慢就是遲早。

「你緊慢啦！」這句話，說白點等同「你等著瞧」，「遲早總能逮到機會狠狠修理你」。

一個人當面被人家撂上遲早等著瞧，這種語帶威脅和詛咒意味的狠話，心裡當然忐忑不安。黃根屘天天都有這樣的不安壓在心頭。

至於後來怎麼變成黃金萬，則是他老爸老媽上天做神之後所發生的事。

2

某一天放學，黃根屘跟著我到家裡玩。發現我父親看完報紙還會用蘸水筆抄寫一些資料，便好奇地問東問西。

我父親問他叫什麼名字，黃根屘囁嚅的說出名字後，加了一句：「我名字很古怪，取得不好。」

我父親安慰他：「小孩名字都是長輩花很多心思取的，哪有什麼不好呢？」

根屘解釋說：「我這名字不但把老師弄糊塗，也常被壞孩子做為要脅人、亂放話的字句。他們動不動恐嚇人──『緊慢』你就知死活！」

我父親聽了哈哈笑，摸摸他腦袋告訴他，台北另外一個黃根屘，可經常登上報紙，是個風雲人物哩！這個人與日本摔角國手力道山屬同門師兄弟，在日本、韓國比賽摔角，從無敵手。

我父親說，沙埔仔村民少看報紙，但在鄉公所或其他機關上班的，應該知道黃根屘這號人物。所以，你叫黃根屘，沒什麼不好呀！

聽完我老爸一番話，黃根屘不時地咧開嘴笑，一連高興好幾天。好像自己正是報紙上的黃根屘，隨時能夠把亂放話的小太保摺倒在地。

可畢竟他不是那個日本大力士的師兄弟，要成為那個黃根屘，必須先有強壯的身體。而在那個農村普遍貧窮的年代，鄉下孩子天天處於挨餓邊緣，大多骨瘦如柴，如何鍛鍊出肌肉和力氣？

凡事變成奢求，等於做白日夢。於是黃根屘無論上學放學或到王公廟玩耍，都故意繞道經過碾米廠門口。問他為什麼？他說：「為了吸收營養和多運動。」

多走路多運動，老師教過我們；多走路能多吸收營養，倒是新鮮。黃根屘告訴我：「天天繞這趟路，只要張開鼻孔，使勁用力地把碾米廠和小麵店廚房煎魚、炒肉絲，或滷蛋滷豬腳的香味吸進身體裡，味道雖然治不了妖，總比一般空氣有養分。」

他看我滿臉困惑，還說：「老祖宗傳下來的『無魚，蝦也好』，你懂嗎？」

我只好每天陪他繞道去吸收營養，奈何長年累月缺乏油腥的肚子，顯然已被那濃郁的魚肉香味越撐越大。有時候兩碗地瓜稀飯才下肚，腸胃照舊不斷地咕嚕咕嚕響。

出現如此窘境，黃根屘會緊緊拽著我，加快腳步前行。彷彿做下虧心事，頭也不敢回轉地往前闖，一邊還得忙著將竄出咽喉的口水，盡量往回吞嚥。

他常告訴我：「每個人都可以用自己的口水，把躲藏在胃腸裡唱歌的餓鬼淹死！」

3

後來，黃根貭入伍當兵，排長班長發現他食量大力氣也大，尤其姓名竟然與力道山師弟一字不差，很快讓他變成營區知名人物。

不但扛石頭修營區圍牆打前鋒，拔河比賽時他更主動把粗大繩索纏繞腰際，岔開雙腿押尾鎮殿，完全符合根貭的字義。

偏偏文書士官不以為然。某次兩人一塊兒喝酒聊天，他勸黃根貭找機會改個名字。

文書士官直截了當告訴他：「根貭兩個字中，前一個長地底下，照不到日頭；後面一個字，則老是抓住人家尾巴當跟屁蟲，怎麼出頭？」

文書士官邊說邊以指頭沾著酒瓶外凝結的水珠，在桌面寫下黃根貭三個字，然後用右手食指朝「黃」字戳了許多下，說道：「更大關鍵在這裡。」

黃根屘以為看出苗頭，一臉委屈地說：「姓黃姓藍，或姓什麼碗糕，全是老祖宗給的，我沒辦法呀！」

「噢，姓黃沒什麼不好，」文書士官豎起大拇指說：「你要知道，黃姓是大姓。古代黃色代表宮廷威權，皇帝穿黃色龍袍，下詔書用黃紙寫，宋朝趙匡胤就是教部下給披上黃袍當開國皇帝。我說的關鍵，在你這個黃姓之後，緊接著配一起的字才變樣。你自己想嘛！根是任何事物最基本源頭，如果連根都黃掉，不枯死也難，還能開什麼花？結什麼果？恐怕神仙都做不到呀！」

文書士官引經據典劈哩啪啦說了一串，把黃根屘衝撞得分不出東南西北。從此，他再也不想去沾那個力道山兄弟的光彩了。

等他當完兵回家，第一件想做的大事，便是尋求如何才能更換個名字。

4

黃根屘聽兄長們提過，老爸為他取名字時，曾特別找廟公用毛筆端正地寫在紅紙條上，摭去報戶口。如今老爸不在，能夠幫忙他改名字的，大概只有老廟公。

黃家人手眾多，種地下田不差他一個，黃根屘得空即跑到廟裡陪廟公下棋聊天，廟裡清潔工作以及修剪草皮花木等雜務事，全由他一手攬下。

起初有人笑黃根屘是副廟公，慢慢地好像就這麼被認定。連他兄嫂和廟公都跟著叫。如同學校教室裡除班長之外，就該有個副班長。

老廟公忙不過來，馬上想到身邊這個副廟公。老廟公的關愛疼惜，也使得他對改名字的事，遲遲不好意思開口。

直到有一天，廟公拿毛筆專心抄寫經文，黃根屘正襟危坐欣賞良久，最後才忍不住說：「廟公伯，依你看，我改個名字好不好？」

老廟公經此一問，立刻擱下毛筆，盯著黃根屘好一陣子，才說道：「你名字是你老爸取的，兩個字四平八穩，又符合你排行，照說不差，怎麼想改呢？」

黃根屘把以前讀書跟服役時某些遭遇敘說一遍，還將部隊文書士官那番話和盤托出。

廟公只好安慰他：「時代不同了，年輕人可以有自己想法，如果你老爸在世，大概也會點頭吧！你想改什麼名字呀！」

「聽廟公伯這幾句話，我回去再和幾個哥哥們商量商量。」

「嗯！重新取名字必須好好想，要用台語、北京話多唸個幾遍，順耳了再找開道壇的水旺仔仙算算。聽說政府現在還不准百姓隨便改名字，但取個小名讓大家叫，應該能改改運途。不犯法的事，誰都可以試試。」

「嗯，聽說那水旺仔仙觀落陰、收驚出名，漢字不見得懂多少，而你老人家把廟裡一百首籤詩懂透透，又會講歷史故事，我看不必和誰商量，就請廟公伯幫我改個名字吧！要不然多取幾個，再擲筊請王公裁奪。」

廟公畢竟見多識廣，他認為這麼做像老師出題目考學生，對王公大不敬。仍然建議黃根屘去請教水旺仔仙。

5

水旺仔仙將黃根屘三個字寫在淺黃色紙上，再把右手拇指對著其他指頭彈點個不停，像合力捻動一顆彈珠，嘴裡絮絮叨叨咀嚼著。

好不容易嚼掉一嘴土豆，才吐出一口大氣，抬頭告訴黃根屘說：「你這名字很好呀！」

更巧的是，水旺仔仙曾經聽收音機介紹過那個力道山兄弟。於是，他跟我老爸下了同樣的結論，認為這名字並無不妥。

「嘿，仙耶，大力士是大力士，我是我哩！我又不穿丁字褲上台跟人家打架，」黃根屘皺緊眉頭嚷嚷：「仙耶，求求你做做好事，幫我想個好名字！」

他還告訴水旺仔仙：「有些人同樣姓蔣，就算名字跟蔣總統一字不差，也當不了總統呀！對不對？」

水旺仔仙說：「沒錯，人一生下來本就是一人一款命，攏是天注定！所以免什麼好怨嘆。」

黃根屘無奈地頻頻抱拳點頭，央求道：「仙耶，我這名字古怪，每次要寫個老半天，大家不知道北京語怎麼唸屘字，便亂叫一通呀！」

「那你說，你想改什麼名字讓村人繼續認得你？唉，再說你不是大官，不是大官的兒孫，戶籍單位不可能聽你的。而且不要說改掉黃根屘，縱算你叫黃雞膏、黃豬屎，也不能說改就改呀！」

「仙耶，村人習慣和法令問題我考慮過，」黃根屘搓著後腦勺尷尬地說：「所以我找到兩個字，不知道適不適合替換？」

「你說出來參考看看。」

「如果選『金萬』兩個字，金是黃金的金，萬是一千萬兩千萬的萬，叫起來和根屘兩個字接近。你仙耶上通天文下通地理……」

「嗯，很好！很好！無論誰叫出口攏總是金萬、金萬，」水旺仔仙沒等黃根屘說完話，即眼睛放亮，使勁拍響桌面叫好：「這名字改得真好！就算戶籍上還沒法改，可以自己先認定它。」

「哈，聽仙仔這麼說，從現在開始，我可以把吊掛心頭的秤錘拿掉了。哈哈！」

6.

黃根屘畢竟老實，藏不住心底話。他隨即向水旺仔仙招認，新名字是和幾個哥哥一起想的。

水旺仔仙朝黃根屘胸口捶了一拳，笑道：「看來你們兄弟要來搶我飯碗囉！」

黃根屘趕緊解釋：「就算我們家再多出一打兄弟，也沒仙仔的本事。這次想破頭榨出金萬兩個字，主要是我大哥二哥曾聽人說過碾米間頭家發跡的故事。

「碾米廠頭家王財富，小時候被村人叫乞食囝仔，因為他老爸王乞食真的窮得像乞丐。後來利用日本人鼓勵在地人改換日本姓名的機會，王乞食率先改叫富貴太郎，雖然來不及發達，但傳到他兒子王財富手上，卻真的變成有錢人，開了碾米間所碾出來的好像不是粗糠白米，而是黃金白銀哩！」

黃根跁認為，黃金萬這個名字既然經由水旺仔仙認可加持，任何人嘴裡叫出來的根跁、黃根跁，他聽進自己耳朵裡，自然變成了金萬、黃金萬。

老一輩村人鮮少認得國字，根跁、金萬叫起來又沒什麼差別，確實未造成困擾。任何人向黃根跁請教姓名，他都說自己叫黃金萬。聽見的人往往接口說起吉祥話：「喔，好名字、好名字，黃金萬兩哩！」

會把黃金萬說成黃金萬兩，跟那些年政府鼓勵對岸空軍駕米格機起義來歸，會按機型分別獎賞幾千兩黃金或許有點關係，但黃金萬才不去管那麼多。

他覺得，反正名字好，運就好；運好，命就好；命好，什麼都好。自己既然認為名字叫黃金萬，再加個兩，變成黃金萬兩，沒什麼不好。

過了些年，老廟公上天做神，理所當然由副廟公遞補。有關民眾變更姓名的法令，已逐步放寬，但在王公廟管理委員會紀錄及書面資料上，廟公姓名一直都寫著黃根屘。

難免有人好奇多事，跑到廟裡找答案。問他究竟叫黃根屘，還是黃金萬，或黃金萬兩？

黃根屘只顧笑著說：「哈，那都是我呀！一個是我老爸取的名字，一個是我和幾個哥哥想出來，經過老廟公跟水旺仔仙認可的，另外一個是大家叫的呀！」

大家回頭一想，多幾個名字並沒什麼不對，歷史上不是有很多偉人，很多大官，很多滿肚子學問的人，除正式姓名之外，還封了個字叫什麼，號叫什麼的。

平民百姓應該也可以吧！

（原載二〇一六年十二月《文訊》雜誌第三七四期）

卷二

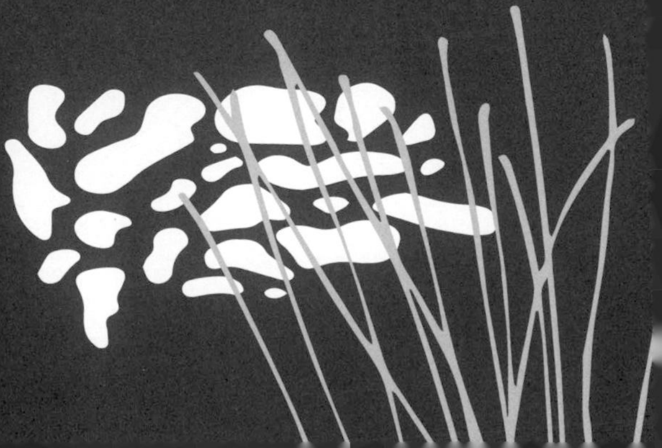

銅像的故事

之一　歪著頭更神氣

過去的人窮困，政府也富不了。中小學校園豎立的銅像，大多名不副實。除了骨架用幾根鋼筋撐住，其他肌膚衣飾全是水泥和細砂黏糊的，等通體乾透了再把它漆成古銅色，就魚目混珠地說它是銅像了。

這種銅像，隔個一兩年便陸續長出霉斑，久了甚至成片脫落，必須找匠師重新修補一番。換成現在說法，應該稱整容或醫美吧！

我們鄉下幾所小學豎立的銅像，幾乎毫無例外。一旦小朋友問起，老師和工友伯伯便告訴他們，銅像被太陽公公曬太久曬傷了，跟大家一樣會長出一小塊一小塊灰白汗斑，你們必須擦藥治療，銅像也需要呀！

曾經有小朋友自作聰明建議說，那以後就學我們美女導師天天打傘；也有認為銅像阿公不會自己打傘，倒是可以幫銅像阿公戴頂斗笠呀！只是這些童言童語，沒哪個大人敢採納。

後來聽說有些機關學校新豎雕像，即改用玻璃纖維製作，果真不長汗斑。可多耐個幾年，一旦褪色掉漆同樣難看，簡直像長了牛皮癬。最後不得不咬緊牙關，花筆大錢改塑真正的銅雕像。

記得水泥雕塑「銅像」的年代，某個暑假的某個傍晚，幾個小朋友到學校操場玩躲避球，玩到太陽下山仍意猶未盡，臨收攤還邊走邊玩，抓到球逢人就丟，不分敵我。

亂軍中，不知道哪個小搗蛋將球奮力一擲，竟然把校門口那座半身雕像給砸斷腦袋。空心頭顱跟躲避球一塊兒滾落地面。大家明白這婁子捅大了，趕緊作鳥獸散。

忙著清掃倉庫的工友伯伯，聽到嬉鬧聲戛然而止，警覺地追出來瞧個仔細，立刻嚇得一臉死灰。馬上鑽到無頭雕像底座四周搜尋，雙手伸進灌木叢裡東撥西翻，終於瞧見雕像腦袋正露出無辜的求助眼神瞄著他。

他急忙脫下衣服，胡亂包裹撿到手的空心頭顱，如同抱顆大西瓜，直奔校長宿舍。

校長夫妻剛放下碗筷，看到工友慌慌張張進門掏出那顆雕像腦袋，驚嚇得說不出話來，足足呆愣好一陣子，不知如何是好。

「怎麼這樣，這，這——」校長一面摀住自己後腦勺，一面搓揉著脖子，這了個半天，還是說不成句。

好在校長太太比較清醒，她伸手接下雕像腦袋，叮嚀工友把美術老師找來，同時要工友騎腳踏車到街上五金行買散裝水泥和砂子，好連夜動工設法修復。

等工友攪拌好水泥，才發現少買了幾截鋼筋作支架。還是校長夫人急中生智，找來辦公室及家裡的剪刀，插入灌滿水泥漿的雕像腦袋和頸脖充當頸椎，總算撐住雕像腦袋，讓它不再身首異處。

校長整夜難入睡，翌日天色濛濛亮即披衣趕往校門口檢視，結果除了雕像脖子抹著一圈灰黑色水泥痕跡，一切差強人意。

過了幾天，工友把雕像重新刷過漆，大家才覺得雕像跟先前不太一樣，整顆腦袋顯然偏向一側，可這時想要扳它回正，已經來不及了。美術老師向校長報告，身為偉人時時刻刻都會有這動念尋思的神情，非常合理，而且看起來格外有架勢。

只是誰都沒料到，有了這尊改變了架勢的雕像，連小朋友每天玩起「123木頭人」遊戲，也隨著變化出許多花樣。

遊戲時，有孩子會故意把頭朝左歪，或朝右偏，還有的仰首，有的低頭。然後雙臂平舉，或一上一下，或一前一後，連帶眼睛鼻子嘴巴，都展現不同表情。遊戲情節，彷彿現代劇團仔細構思創作所推出的經典戲劇。

至於那位曾經對著雕像頭顱驚嚇不已的校長，又續任了一個學年才退休。我曾經在藝文展演場所遇到過幾次，不知道是小朋友的木頭人遊戲動作一直留在我印象中，抑或是校長年紀大了身體不太硬朗，總覺得他老人家的頭，永遠都朝一側歪斜。

之二　會吃草的銅馬

如果你在宜蘭待過，有可能看過一匹銅鑄戰馬。幾十年來牠都站在市區文昌廟的廟埕。

這座文昌廟是清朝時為準備考秀才的學子所創設，原先供奉文昌帝君，後來想起另一些年輕孩子苦練拳腳功夫要考武秀才，便請來武聖關公與文昌帝君分別坐在左右兩個正殿，服務信眾。

廟埕兩側，靠文昌帝君那邊，站著腳踩紙筆墨硯文房四寶的麒麟雕像；關聖帝君香爐前方，正是那匹駿馬銅像。

其實這匹銅馬，並非從一千八百年前關公所騎那匹赤兔馬取樣，純粹是由日本某家工業株式會社專為日據時期宜蘭神社雕鑄，然後搭乘輪船漂洋過海來的。

這銅馬是很多人在馬場或影片上所見過馬匹中，最健壯的駿馬，筋骨肌理分明，且神采飛揚，絕非出於尋常匠師之手。

第二次世界大戰日本無條件投降，位於員山鄉的宜蘭神社改為忠烈祠之前，一度乏人管理。但銅鑄戰馬畢竟值錢，即被移往一間倉庫收藏，爾後輾轉住進幾公里外的宜蘭市文昌廟。或許，文昌廟關聖帝君在台灣難得見到這麼一匹駿馬，心底歡喜就不論其來歷，收牠充作巡遊坐騎。

家住文昌廟旁的老一輩居民說，早年廟埕未鋪水泥，整片地面遍長青草，管理人員必須定期修剪，才能避免蔓草蕪雜滋生蚊蠅。而在銅馬進駐後，銅馬周邊地上的青草從此不再長高，始終維持剛修剪過模樣。大家都說，關聖帝君這匹坐騎每天啃食這些青草。

當地還有人在深夜時刻，聽到馬蹄聲從廟埕響起，隨後逐漸離去；等天快亮，又一串馬蹄聲由遠而近，要進了廟埕才靜止。聽過馬蹄聲的人心裡想，天天接受馨香膜拜的銅馬，應當和馬匹和人一樣，都具靈性，離開員山故居那麼些年，難免會有所思念，利用晚間跑回老巢看看。因此大家心照不宣，不去驚擾。

十幾年前，員山鄉公所整修忠烈祠山丘階梯下的公園。經由耆老訪談考證，認為宜蘭市文昌廟的銅馬理應物歸原主，可宜蘭市對這麼一匹會吃青草的銅馬當然不肯鬆手。雙方協調結果，決定由員山方面請雕刻家將文昌廟銅馬翻模複製，再舉行隆重「割香」儀式，迎接銅馬「分身」回員山。

大家都說，分身能夠平息紛爭，皆大歡喜，沒什麼不好。何況還可以讓文昌宮這匹體重五、六百公斤的銅馬，從此不必摸黑早起，再冒風雨苦寒或酷熱天氣揚蹄，來回奔馳好幾公里去探看老巢。

更何況廟埕那片草地，被鋪上水泥之後，早已寸草不生。銅馬持續好多年沒生鮮青草可吃，哪來力氣來回奔馳？

之三　孔夫子周遊列國

某年祭孔，我和一個年輕人聊天，他告訴我一則孔子銅像的故事。故事就發生在他讀過的高中母校。

他說，在他入學當新生那年，學校家長會長發現校門口走道上沒任何銅像，慷慨拿了一大筆錢找人雕塑一尊至聖先師銅像。

這尊孔老夫子穿著古時候那種寬袖長袍服飾，雙掌張開交疊胸前。同學們都猜，這個雕刻師傅所以雕出不成比例的高突額頭，表達旨趣在強調孔老夫子智商超過常人。

看來非常富有而且應當讀過一些書的家長會長，在銅像揭幕儀式致詞時，特別向全校師生強調，做人不但要充實學問，同時要陶冶品德。一個人學識豐富、品德高尚，錢財自然滾滾而來。所以，大家應該好好向孔老夫子學習，多讀書重修身。

誰都沒料到，孔子銅像剛在校門口落腳，即傳出這個鼓勵大家努力做到品學兼優的家長會長，竟然涉嫌與黑道掛鉤盜採河川砂石，經營地下錢莊，而遭檢警調查偵辦。

平日裡，學生家長接送孩子上學放學，或中午送便當，大多站在學校圍牆外，幾乎沒什麼人去注意孔子銅像。這回家長會長傳出醜聞，經媒體不斷報導，孔老夫子銅像很快成為新聞焦點，於是家長們不免個個伸長脖子，對銅像指指點點。

校長怕這種現象影響學生學習情緒，於是將孔老夫子銅像從校門口移往新大樓穿堂，任何人必須走進學校，再拐兩三個彎，才能夠與銅像打照面。

等到說故事的年輕人高中畢業，孔老夫子已經先後去過圖書館、學生活動中心、工藝教室、家政教室門口。

學生們對這尊身穿寬闊袖口長袍，拱手胸前的銅像，似乎越來越不懂得尊重，時不時把飲料罐以及一些自己不想保留的書籍講義，直接擱在老夫子手上，請他代為看管。

誰都沒想到，只因為出錢雕塑銅像者本身行為不端，連帶使這尊孔子銅像也未獲尊重，很難在校園容身，必須馬不停蹄地周遊列國。

之四　磨刀的銅像伯

正對校門口那戶人家，男主人曾經是非常出色的木匠師傅，蓋過很多房子及寺廟，更練就一手磨刀絕活。不管多鈍甚至出現鋸齒的柴刀、菜刀、剪刀、鐮刀，經過他親手磨過，肯定鋒利無比，閃爍出青粼粼寒光。

老師傅年紀大了，扛不動木頭，便蹲在家門口代客磨刀，賺點零用錢買茶葉買香菸。一塊長條形磨刀石和一個盛水塑膠桶，就擱在離他腳邊不遠的簷下水溝旁，形同營業招牌。

滿臉皺紋的老先生，閒暇時候居多。無論晴雨都坐在門口那張木頭椅上，椅子下方隨時擱著一壺濃茶、一隻褐色陶杯。他抽菸時間遠比喝茶時間多，經常看他朝向馬路瞇起雙眼吞煙吐霧，彷彿把校門口那尊銅像當作靶心。

後來醫生要他戒菸，老先生很聽話，連茶一起戒掉，幾乎整天一動也不動地坐在那木頭椅上。老太太對老伴那副呆相實在生氣，喊他的時候早就從「老歲仔」改成「柴頭尪仔」。認為一個人老來痴呆也罷了，偏要丟人現眼地坐在門口示眾，弄得全家人沒面子。

每天下午小朋友放學，瞧見磨刀師傅坐著不動，簡直是校門口「銅像阿公」的翻版。他們向銅像阿公敬禮說再見之後，也會順便給老師傅行個禮說再見。同時幫老人家取個名字叫「銅像伯」，有別於校門口的銅像阿公。

日子久了，附近住戶竟然跟著叫磨刀師傅「銅像伯」，叫老太太「銅像姆仔」。

等銅像伯臥病在床，沒辦法幫人磨刀，甚至沒力氣站起來走動。門前那塊凹下圓弧的磨刀石，及那個盛水的塑膠桶，照舊擱在簷下水溝旁。空蕩蕩的木頭椅子似乎跟著老人家生病了，沒多久便老舊不堪，而且有點歪斜鬆脫了。

銅像伯的兩個兒子頂孝順，輪流載老爸看過好幾個醫生，做過許多檢查。每個醫師說法差不多，認為老人家沒什麼嚴重病症，而是年紀大了身上器官自然老化，導致功能退化。兩個兒子省吃儉用，陸續為老爸買了一堆營養品。

銅像姆仔則四處打聽，只要聽說哪座廟哪尊神明具特別神力，不管路途多遠，要轉搭幾趟車，都會去拜拜燒香，求那神明保庇老伴早日康復。

兩個兒子安慰媽媽，既然拜過神明，看過醫生，都說沒什麼嚴重疾病，相信老爸多吃點營養品補一補，體力應該很快復元，希望媽媽自己多保重。

老太太也很聽話，開始打起精神，恢復已經中斷一陣子的運動習慣，每天清晨到學校操場繞圈子散步。唯一同過去不一樣是，運動完離開校園時，總不忘站在銅像阿公面前肅立良久。且低下頭、雙手合十對著銅像阿公唸唸有詞，似乎把這尊銅像阿公當作廟裡的神明。

大兒子怕鄰居閒話，忍不住提醒老媽：「那銅像不是廟裡的神明王公。」

老媽媽不以為然地回應：「俗話說，柴頭尪仔栽久了總有靈聖，你們兄弟二人是銅像阿公站在門前看著長大的，我求他保佑你們能順利考上公務人員考試，哪裡不對？」

兒子除了再三強調銅像不是神明外，一時還想不出更有力的說詞勸阻媽媽。

老媽媽接著說：「大家都知道銅像阿公當過大官，大官自然有官威有神力，就算管不著你老爸的身體，但保佑你們兄弟找個公家機關的工作，應該不難吧！不要忘了，人都說有拜有保庇哩！」

（原載二〇一五年三月六日《中國時報》人間副刊）

我只是雕像

1

就一尊雕像而言，我對自己的過往，幾乎是一片空白。

我不清楚自己曾經寫出什麼經典篇章？畫過幾幅足以傳世的圖繪？或為誰立下哪些汗馬功勞？開創打造了多少值得人們一再稱頌的豐功偉業？

人們硬把某個人雕塑成一尊雕像，豎立在十字路口，在機關學校庭院，在公園裡。無論遍布多少分身，統統被施了定身法，哪裡也去不了，注定要日以繼夜的堅守崗位。

其實，當初雕刻家形塑雕鑿時，不管顯露出來的相貌像張三像李四，雕像無從在意，身為泥坯只能任人擺布，縱使計較也無從左右。雕像跟絕大多數人一樣，總是看不清楚自己，總弄不明白自己到底是誰。當然不懂得所謂的自我膨脹或自慚形穢。

我始終不了解，為什麼不把我雕成有趣的野生動物或是可愛的器皿，非要雕成某個人，豎根電線杆般動彈不得，每天迎送日出日落月升星隱也罷，任憑風颳雨淋雷打閃擊也罷，還得忍受那些令人難堪的閒言閒語。

最讓我不解的是，當年花了大筆錢豎立銅像，名之曰先師、大師、偉人、英雄，才隔幾十年歲月，突然逐一變成胡亂崇拜的舊社會偶像，甚至是罪犯、劊子手，必須再掏一大把鈔票將它拆掉、裂解。難不成我們這些雕像在睡夢中跟誰結下什麼冤仇？犯下什麼滔天大罪？

似乎每一個人都忘記——原本不過是一尊泥塑或銅鑄雕像。僅僅因為被雕成某一個人，而不是一隻老虎、一隻熊、一根龍柱、一具香爐，就要遭人唾棄？

譬如我，文風不動地在這所小學門口站了幾十年，上任才一個學期的校長，竟然決定利用暑假把我移走。

兩名工人一左一右在我身邊豎立鋁梯，然後以相互接力傳遞方式，用一大卷塑膠海綿包繞著我，連眼睛、耳朵、鼻孔、嘴巴全被矇住。雖然我照舊睜開眼睛，卻形同瞎子，看不清眼前景象。一切教白濛濛光幕阻隔，彷彿透過一層毛玻璃，去看那不時晃動的工人身影。

他們大概在我身上施加法術，我僅能約略從越來越模糊的光幕及聽覺去揣測。知道他們高舉一個塑膠纖維編織的大口袋，打頭頂上方罩下來，好在多少能透點光透點氣。

從聲音聽得出來，他們正拉開一卷寬膠帶，以等距繞著我黏貼綑紮，把我裝扮成一匹前腿騰空而僅靠後腿直立的斑馬。最後拿小朋友拔河的粗繩索，螺紋式繞過全身，反覆繞了幾回，構成密實的網袋。

接著聽到工頭以口令和哨音，指揮吊車用掛鉤勾住我，再動用電鑽及鑿子搗毀我藉以立足的基座，奪走我僅有的那塊小小版圖。

在施工拆除過程中，看不到任何一個天天和我見面的學童。我不能怪他們，學期中每天起大早上學形同走進監獄服刑，好不容易盼到暑假可以自由自在四處奔跑，誰會想回到牢裡？

就這樣，在沒有觀眾圍觀的冷清中，工人和吊車聯手把我塞進倉庫，和圖表架、掃帚、水桶、陳舊簿冊、破損的課桌椅當鄰居。幾天過去，一些蟑螂、老鼠、蚊蠅找我當玩伴，在我身上爬上爬下，好奇地撕咬那塑膠海綿。

我直挺挺躺在地上，形同一具剛出土的木乃伊。如果老師想向學生們講解什麼叫木乃伊，說明五花大綁這句形容詞，我正是標準教具，孩子們瞧一眼便懂得。

2

你一定覺得奇怪，既然已被層層包裹纏繞，如何能夠知道自己的處境和遭遇？

不是我有什麼特異能耐，而是捆著我的物料並非絕對密閉。聽覺視覺受到影響，嗅覺則是漏網之魚。我不時聞到梁柱木料和大堆紙張受潮的霉味，以及鐵器鏽蝕的味道。

呼吸的空氣裡，羼雜著老鼠屎、蟑螂屎的粉塵微粒，倉庫裡肯定還存放過煤油、黃油、汽油、肥料。在這個百味雜陳的空間，我差點忘了自己是一尊銅像，竟然不時地想打噴嚏。

好在嗅覺容易疲勞，空氣再怎麼渾濁難聞，任它在呼吸道多進出個幾回，即變得熟門熟路，好像家庭主婦進出廚房，很難對哪樣東西覺得稀奇。每換個總務主任都想清理它，但每個校長皆不忘鄭重交代，這些全是公有財產，千萬不能丟失。

說到這兒，工友先生還蹲下來靠著我耳畔細聲抱怨：「如果用我老爸以前常罵我的家鄉話說，這叫——把狗屎當洋糖。」

3

我安慰自己，躺在倉庫裡不必雨淋日曬，颱多大颱風也不怕飛砂走石，以及磚頭砸到身上。最高興的是，再不會有烏鶖甚至小麻雀站在我頭上，耀武揚威的撒野拉屎。

很多年來，酸雨常讓我眼角積存綠色眼屎，耳朵積存耳垢，衣領染上汙漬。那副狼狽模樣，無異向每天從我身邊經過的小朋友招認，自己不愛洗臉不愛洗澡又懶得更換衣服。留下如此壞榜樣，算是我這一生最大恥辱和遺憾。

有時候，我寧願自己是水泥捏塑而非銅鑄的雕像，水泥雕像不值錢，卻少掉一些麻煩。不過，事情總是有一好沒兩好，這回幸虧是個銅鑄身架，比那水泥、玻璃纖維堅實又值錢千百倍，否則恐怕直接即被砸得粉身碎骨，變成人人嫌棄的廢棄物。

自從我住進倉庫，小朋友經過校園看到那殘破基座，不免議論。有的說，砲彈超人騰空飛走了。有的說，可能是大家太愛吱吱喳喳說個不停，吵得黑人阿公受不了，趕快搬家。也有鬼靈精貼著倉庫大門隙縫窺探，然後告訴其他同伴說，我躺在地上像具殭尸。

孩子們自問自答，有個孩子老氣橫秋下了結論說：「我爸爸認為十八銅人是古時候的人。古時候的人如果不躲進山洞，大概只能住在倉庫裡。」

說得沒錯！我不像他們可以拿個小小扁扁盒子打電動，更不懂得用那東西撥電話、上網上臉書，或賴來賴去。這種什麼都不會的人，當然算是古時候的人。

一個古時候的銅人，與時代脫節，還囚禁在門窗緊閉的倉庫裡，無論說什麼，肯定沒辦法與日月同光了！

4

大家說時代進步了，許多事務該由人民當家做主。於是，官場裡大小官員頭頂全裝了風向球，好明白民眾口水朝哪個方向噴灑，才能緊緊跟著民調支持率攀升，跟著選票行進。

人們依舊崇拜偶像，只是他們更具一顆善變的心。不少人心目中，除了自己，連父母、鬼神皆不在眼裡。今天的偶像，很快變成明後天看了會嘔吐的對象。

老一輩常說：「人在做，天在看」；如果翻譯成現代用語，應該是：「人在做，網路在看」，或是說：「人在做，臉書在看」。老天爺已經耳不聰目不明，蒙著棉被睡大頭覺去了。

時代變化迅速，變得沒法子繼續沿用「天經地義」這樣的詞兒了！

就拿我這所學校的校長來說，早年師範畢業分發到這裡任教時，是個菸酒不沾被小朋友當成大哥哥的小老師。小老師教學認真，待人謙恭有禮，還時時叮嚀小朋友要守規矩、懂禮貌。小朋友經他調教，上學放學走過校門口，都會主動地向愛心媽媽和導護老師問早道好說再見，同時不會忘記摘下鴨舌帽，向我這個銅像爺爺行個禮。

沒想到經過十幾年菸薰酒精浸泡，回頭來當校長全變了一個樣，對政治風向尤其敏感，甫上任便把我這個舊識視為陌生人，隔不了幾個月乾脆要我快閃。

唉！畢竟我只是一尊雕像，還是能心平氣和地看待如此遭遇，正像很多人回顧過往起起落落的歲月，最後不免慨嘆：「唉，人生嘛！」

對於雕像何嘗不是？

5

沒搬進倉庫隱居以前，小朋友玩躲迷藏遊戲，常到我背後擠成一窩。每天上學放學，部分中高年級孩子會朝我揮揮手、敬個禮。路隊走出校門之前，大家規規矩矩，好像怕我這個銅像爺爺瞧見而不敢使壞。

後來這些年，新入學的孩子大多不認得我。尤其是附設幼兒園那群剛捨掉奶嘴的娃娃，有說我是觀世音菩薩，是耶穌基督，也有說是土地爺爺、濟公和尚。一、二年級小朋友，大概電視卡通看多了，乾脆叫我無敵鐵金剛、蝙蝠俠、鋼鐵人、超人、閃電俠、金鋼狼，不一而足。

如今躺在倉庫裡，再也聽不到那些童言童語了。孩子玩捉迷藏，不管換誰做鬼，都不容易找到我了。

能夠天天陪著我，就是那台缺了幾顆牙齒的老舊風琴，始終低頭打瞌睡的檯燈，幾個癟了氣的躲避球，流行過時的呼拉圈，糾纏一團的繩索，瘸了腿的課桌椅。而我最想攀談的，是那大捆小捆的書籍，可它們總是躲在牆角韜光養晦餵蟑螂。

6

其實，說自己在倉庫裡隱居，並不完全符合事實。很多時候，還有老工友和我一起，是他讓我增長不少見識。

這個老兄弟回家常跟太太拌嘴，吵架結果一定被太太轟出家門。學校倉庫成了避難所，保健室淘汰的鐵架床正好當他臥舖。歷任校長對此睜隻眼閉隻眼，主要考量是，工友自願睡倉庫，既不用給值夜費又能兼顧校園夜間安全，沒有什麼不好。

老兄弟在床頭綁著一台收音機，不時播放新聞、談話節目和歌曲，最多是各種藥品廣告。這正是我住到倉庫以後，能夠繼續了解外界天地許多奇聞妙事的原因。

其中令我印象較深刻的，包括有人把美國華盛頓林肯紀念堂的林肯雕像潑灑油漆，台灣有個人只當了六天國防部長，而立法委員整天吵吵鬧鬧可以照領錢，還有幾個檢察官、法官竟然將口袋變成收銀機。

近年來更熱門的話題是，米麥雜糧、油鹽醬醋羼假含毒賣大錢已經不稀奇，拿工業酒精製酒，把工業用的塑化劑添加在食品裡，羼毒澱粉做成美食，辣椒油不含辣椒，橄欖油不含橄欖，芝麻油不含芝麻，薑母鴨沒有薑的成分……。這些製造商、供應商，竟不乏傳承好幾代人的知名商號。

千奇百怪的新聞接踵而來，聽多了還能讓一個人身子骨保持勇壯，覺得無礙心理健康，確實不容易。連我這個平日不吃不喝，具備銅身鐵骨的銅人，都不免嚇出一身冷汗，不時感受到身上這兒酸、那兒痛，懷疑自己肝臟硬化、腎臟受損、骨質疏鬆，鎮日憂心忡忡地睡不安穩，何況一般人的肉身？

老工友平日開口閉口稱我老先生、老長官，當我是長輩。他發現這些新聞時事影響我心情，便主動找我聊天切換話題。談最多是他年輕時得意和失意的故事，言談間雖然是他管說、我管聽，他照樣說得笑聲不絕或涕泗滂沱。

彼此拉近距離變成哥兒們，老工友偶爾也提出些問題考考我，可往往等不及我回應，他即自動地幫我找答案作答。嘿，那些答案還真的八九不離十！

從一些日常話題，讓我很快了解這所學校生態。像某某老師在我印象中自視甚高，上課時盡教學生一些歪理，歷任校長沒一個敢吭氣，現在才知道他是某議員的兒子；像儀表堂堂的某某主任，只會巴結校長，巴結家長會長和委員，卻專門在老師和工友面前作威作福……

我自認為，在校門口站了那麼多年，看到聽到的應當不少，哪知道眼見耳聞，幾乎全是表相而非內裡，大多不能當真作準。

正如過去很多人說我無所不知，無所不能，無所不在，甚至說我武功蓋世，所向無敵，呼風喚雨，說得宛如遠古神話中主宰一切的神祇。就如同說我無所不用其極，老謀深算，陰狠奸詐，同樣沒道理。

很多時候，我怨嘆自己不如一個遊走四方的流浪漢，能夠來無影去無蹤，沒有任何牽掛，不必留下名姓。

7

就我所知，不論是神仙、聖哲、英雄、偉人、畫家、文學家，一旦成為雕像，多少總惹人白眼，畢竟立體雕像不比印在鈔票的平面圖像具親和力。鈔票圖繪不要說人像，即便是凶猛野獸、劇毒的眼鏡蛇，也沒人嫌棄。甚至不擇手段地拚命搜括，好成捆成箱地去換豪宅，去換金銀珠寶。

所以呀！有些事兒無論誰說了什麼話，聽聽就好，不必當真。

正如我們這個校長，朝思暮想能更上層樓，說不定哪天他當上教育處長、教育部長，政治氛圍需要我這尊被拆掉的雕像支撐門面時，他第一個動作肯定是把我從倉庫請出來，重新供著哩！

唉！或許戲法人人會變，人家能當上校長，自然有他一套吧！

記得校長在某次酒後回辦公室，半路把一肚子來不及嚼爛消化的鮑魚、燕窩等山珍海味，全吐到我腳跟前。然後邊拍著胸脯，邊誇口道：「要不是我拚老命陪官員陪議員喝酒，憑什麼能在這校園裡呼風喚雨？又憑什麼能弄到經費來拆你這座銅像，好豎立一座具有藝術價值的新雕像！」

第二天校務會議，校長鄭重宣布：「學校是培養國家未來主人翁的教育搖籃，不宜出現太濃厚的政治色彩，不要教孩子作個人崇拜。我已經爭取到經費，決定拆掉校門口銅像，騰出位置另行豎立對美育培養有幫助，對校園景觀有所改變的藝術銅雕。」

他進一步說明，說我們這所鄉下學校，多數學生家長務農種田，所以他央請某立委推薦一位雕塑名家，幫學校雕塑一座水牛銅像。

消息傳到小朋友耳朵裡，個個面面相覷。因為日常在田野裡見到的，全部是不同類型的耕耘機，這些滾動車輪或靠履帶行走的機械，大家管它們叫鐵牛，孩子們根本沒看過什麼水牛。

某些家長聽到孩子轉述，覺得過去不得不使喚水牛犁田耕作，那是相當辛苦的勞動，和現代操作農耕機械的便利性，已無法相比。學校要教孩子懂事成長，怎麼想花大錢去雕隻已遭時代所淘汰的水牛，這豈不是倒退嚕，實在不合時宜。

但是包括教務主任在內，沒有老師願意出面去向校長傳達這項信息。僅有這學期才到校的一個年輕老師，認為茲事體大，自告奮勇跑到校長室報告，指出拆除銅像已經冤枉花掉一筆錢，何必再浪費錢雕一頭孩子沒見過的水牛？

校長摘下老花眼鏡，勾著頭不斷用指尖按摩鼻梁。咯出一口痰後，慢條斯理地告訴這個小老師說：「你阿公當過鎮長，令尊在縣政府擔任很多年主管，你本身是研究所碩士，是一個具備良好家學淵源又讀過很多書的高級知識分子，當然明白什麼叫時代潮流。如果我們想跟上時代潮流，眼光必須放遠，學學別人怎麼功成名就，否則肯定落伍，而遭時代所淘汰。小朋友不懂，家長們恐怕一時沒想到那麼多，你怎麼可以跟著他們瞎起鬨？」

小老師還想說點什麼，看到校長突然把瞇著的眼睛睜得大大地朝他瞪著，只好把話吞回肚子裡。看著校長從抽屜裡拿出菸灰缸，撳熄菸屁股之前先塞到嘴上猛吸了一大口。接著由鼻孔和嘴巴同時吐出長長一股嗆人煙霧，彷彿老爺車猛地發動引擎。

校長輕輕地拍了拍小老師肩膀說：「我過的橋比你走的路長，吃的鹽巴比你吃的米多，不是教你隨波逐流投機取巧，而是做人必須懂得變巧。現在大家喊人民當家做主，我們何必守著幾十年的老舊銅像？我說這些都是為你好，你是個聰明的年輕人，想必一點就通。跟我當年剛到這所學校教書時一個樣，光明前程正等著你，我才會跟你說這麼多。」

小老師被校長這一番話說得臉上一陣紅一陣白，像個小學生乖乖站在那兒聽訓。

這時，校長舉起手掌順過稀疏的頭髮，端起桌上茶杯走到那面朝著校門口的玻璃窗前，啜了一口茶之後，頭也不回地說：「我們小朋友的確沒看過水牛，只曉得喝柴油喝汽油的鐵牛。那麼你說說，生肖屬牛的縣長，應該屬鐵牛嗎？」

小老師心裡頭翻江倒海，滿腦袋盡是浪濤聲，轟轟隆隆，一時間不知道該怎麼回話。只能朝著校長那逆光的背影，畢恭畢敬鞠個躬，說了一聲：「謝謝校長！」

隨即調頭離去，像個越獄的逃犯。

（原載二〇一四年二月十二—十三日《中國時報》人間副刊）

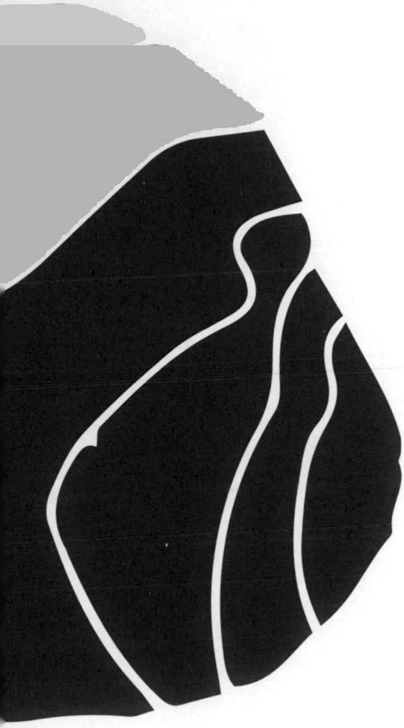

棺材伯與石頭師

棺材伯走了！由村長和榮民服務處人員照他生前囑咐，把他裝進幾年前買就的棺材裡，找人抬到海邊沙崙，埋在預購的墳地。

如其所願，永遠成為我們村中的一分子。

其實，這個單身獨居老人有名有姓，先前幾十年並沒有人叫他棺材伯。他在村裡小學當工友，老師及小朋友叫他李伯伯，大部分村民則習慣喊他老李或老芋仔伯。

不管怎麼叫，他總是笑瞇瞇，看來比村中任何一位長輩都要和善。

至於李伯伯、老李和老芋仔伯的稱號，到最後兩三年會變成棺材伯，其間可有一段故事。

1

棺材伯從學校工友退休那年，正巧村長與建商合夥在王公廟旁興建幾間連棟住宅。本以為廟邊熱鬧人氣旺，必定可以吸引買氣賺點錢。未料，看房子的人確實不少，卻遲遲等不到肯下訂單買房子的客人。迫使村長必須舉債償還銀行貸款，一家人有一餐沒一餐的等著米下鍋。

探究原因，發現想買房子的人是被廟埕演戲的擴音器跟鑼鼓，以及拜拜時一陣接一陣鞭炮聲嚇跑了。最後不得不削價求售，結果還是等這個外省老芋仔率先買下一間，才陸續招來生意。

村長認為，老芋仔無疑是他的福星，他的大恩人。兩人從此變成忘年交。

住進新房子十來年，老芋仔伯突然生了一場大病，好像油盡燈枯那樣，身體健康情況一天不如一天。他趕緊領出部分儲蓄，從宜蘭街棺木店「量身訂做」一副檜木棺材，頭外腳裡地擺在客廳備用。同時，積極籌劃自己後事，用毛筆一筆不苟地寫下來。

只是誰都沒料到，自從隨時有這麼一副稱為「壽材」的棺木伴隨伺候，老芋仔伯的身體竟然一天比一天硬朗，不但臉上氣色轉回紅潤，連說話也變得鏗鏘有力。

村人遇著，自然要問他看過哪個醫生，吃了哪些仙丹？

他的答案簡單明白：「衛生所醫生是我救命菩薩呀！他開什麼藥，我就吃什麼藥，該一粒該兩粒，該飯前吃飯後吃，我照辦。」

他怕驚嚇村人，根本不敢透露他已經買好棺材、買妥墳地的事。

2

說實在，人活得好好地便買回棺材擺放，這種事在老芋仔伯浙江老家，算傳統習俗，不足為奇。

他怕嚇到人，是因為我們鄉下不曾有過，全台灣也非常少見。因此整個運棺擺放過程盡量低調，僅幫他忙的兩個老鄉參與其事，剛開始連村長都被蒙在鼓裡。

棺材放置老芋仔伯客廳期間，老人家會利用每年除夕前一兩個星期，上街買回砂紙和透明漆，親手用砂紙磨掉棺材上面原先那層透明漆，再從頭到尾重新漆過。

鄰人經過他門前聞到油漆味道，總稱讚老芋仔真勤快，不但跟村內住戶一樣每年筅黗大掃除，還把住家油漆粉刷一遍。

直到三年前某一天，老廟公的孫子與童伴在廟埕打棒球，不小心打破了老芋仔伯家的窗玻璃，棒球鑽進屋裡，滾到棺材底下。幾個孩子急忙用竹枝挑開百葉遮擋的紗門，擅自闖入客廳想撿回棒球時，撞見新燦燦的棺材形同凶猛巨獸趴伏面前，正作勢要撲過來，幾個孩子驚嚇得屁滾尿流，個個臉色發青，恐怕得找紅頭道士收驚。

從此，老芋仔伯買棺材擺放家裡好幾年的事兒，才傳開。

老廟公要求王公廟管理委員會主委和村長出面處理，他強調，萬一信眾知道廟附近長年放著一副棺材，必定不敢再到廟裡進香。

管理委員會馬上於當天晚上開會討論如何處理。村長發言表示：「一個離鄉背井孤苦伶仃的老兵，曾經病懨懨僅剩一口氣，等於收到了閻羅王的通知單，他按照自己故鄉老祖宗傳下的規矩，買副棺材放家裡等著死翹翹用，應當構不成什麼罪，何況那棺材買回來到現在，並未帶衰，反而讓老芋仔伯身體變好了，近幾年健康狀況絕不輸村內任何老人家。」

村長繼續說：「我為了這件事，今天下午特別去請教衛生所醫生，老醫生認為老芋仔伯生病之後，自以為活不了多久而買副棺材為自己安排好後事，從此卸下心頭擔子，再配合藥物治療，使身體很快好起來，這在心理醫學上的確有根據。道理很簡單，當一個人連生死都能看得開，自在去面對，心頭沒了牽掛，病魔對他就無可奈何了。

「醫生怕我聽不懂，進一步舉例告訴我，說這個老芋仔在閻羅王尚未點到他名字時，先行買回棺材『自首』，像一個人觸犯法網，不管犯下什麼滔天大罪，假如能夠及時悔悟自首投案，法官基於『坦白從寬』原則，總會酌予減刑。何況老芋仔伯為自己買副棺材放家裡，又沒做出任何傷天害理的事，閻羅王周邊的小鬼當然拿不出藉口繼續找他麻煩。」

管理委員會主委請家住老芋仔隔壁的幾戶鄰居說說日常感受，與老芋仔僅一牆之隔的老先生表示：「老芋仔家擺棺材，大家直到今天孩子們遊戲打破他窗玻璃才知道，可見他把事情做得像個小養女那樣，遮遮掩掩地，不曾敲鑼打鼓四處張揚，嚴格地說並未妨礙大家。這些年時世變化很大，大多數人天天強調要尊重個人自由，老芋仔在自家擺個空棺材，和你我在家添個廚櫃、停放汽車，攏總屬於個人自由，應該沒什麼兩樣。老芋仔年歲這麼大了，大家不妨放開肚量去包容，免得讓外鄉人看我們這個原本純樸的老村子，竟然欺負一個外來的孤老頭，更何況他居住村裡幾十年，比很多人住進村子的時間都長久哩！」

主委認為村長及老芋仔鄰居講的不無道理，為了安撫老廟公情緒，他仍技巧地補充：「廟旁擺一副棺材，的確會像廟公所說，可能影響信眾進香意願；但到晚上為止，差不多就廟附近幾家知道這件事，如果現在開始，大家不把它當話題公開，便沒有影響不影響的問題。何況，空棺材擺放私有住宅內，與廟埕之間還隔道圍牆、一條無尾巷以及老芋仔房子走廊，這些全不屬廟產管理範圍，委員會實在不方便插嘴，要是委員會貿然運用關係，或發動信眾找官府協助，一旦掀起輿論，對廟方跟整個村子恐怕弊多於利。」

主委一番話把老廟公說得啞口無言。最後商討出的折衷辦法，決定由主委和村長去要求老芋仔加裝鐵捲門，避免節外生枝。同時挨家挨戶，拜託大家繼續保密。

老芋仔伯非常配合，很快裝上鐵捲門，還成天拉得嚴嚴的，僅留那扇裝設百葉簾子的紗門進出，任何人不進他屋裡，絕對很難打戶外窺探客廳情景。

廟附近幾戶人家確實不再談論此事，但不知從什麼時候開始，老芋仔伯這稱號竟悄悄地變成了棺材伯。老人家對別人改口叫他棺材伯，他仍舊笑瞇瞇，不見絲毫慍色。

3

如此平靜地過了三年多，棺材伯才像一截枯槁老樹幹，躺進他曾經漆了又漆的棺材裡，被抬到海邊沙崙公墓。

棺材伯兩名老鄉，在村長與榮民服務處人員協助下，把該辦的手續辦了，請道士到墳頭上搖鈴鐺繞繞圈子做完安魂法事，使喪葬事宜功德圓滿。

這一切彷彿事先做過沙盤推演的軍事演習，完全按照棺材伯生前意願進行，包括他留下的存款、房子將捐給村裡小學。

我們鄉下有史以來，從未見過哪個人能像棺材伯這般仔細地規劃自己身後事。他除了訂做西裝，買了呢帽、領帶、襯衫、內衣、襪子和皮鞋，還找老鄉陪同看過墳地且下訂，墓碑石材也事先選購，寄存石刻店。

石刻店師傅只要根據事先約定，在棺材伯往生那一天，將墓碑上「民國〇〇年〇月〇〇日卒」所預留的空白處補刻上漆，便算銀貨兩訖。

棺材伯能夠井然有序規劃自己後事，讓村中老人看了都很羨慕，認為這個孤單老頭子，輕而易舉就贏過他們這些子孫滿堂的在地老人。

過去曾有不少老人，往往兩隻眼睛尚未閉攏，子孫們即開始為分房子分田產勾心鬥角，圍繞床邊逼迫原本還留幾分鬥志與死神拔河的老人，要這個要那個。奄奄一息的老人只能傷心無奈地點頭認帳，被自己血脈傳承的一群大鬼小鬼，挾持畫押。

在外人眼裡，這還算是用了和平手段，未把家醜對外掀開來。聽說我們村頭碾米廠老頭家彌留之際，幾個兒子當場吵得不可開交，各自抄起秤錘、扁擔、坐椅、板凳幹架，由屋內打到屋外，路頭打到路尾，驚動村中長老和鄰人左勸右勸才暫且平息。

可回到病榻前，照樣吵個不休，迫使早已不能動彈無法言語的老頭家，赫然睜開眼睛，聲色俱厲地斥喝兒子們：「白白養了你們這些不——孝——子，真正是吵——死——人！」

罵完兒子，才心不甘情不願地留下一臉悲憤，去做神。

4

偏偏人長一張嘴，除了吃喝，要它成天清閒著實難過。填飽了肚子，必須巴喳巴喳地彈動舌頭說三道四。

棺材伯埋進沙崙墳地那個下午，立刻有村人互相咬耳朵，指那石刻店的石頭師早幾年便收了錢，卻糊里糊塗把墓碑給刻錯了。

「誰都看得出來啊！棺材伯少說也八、九十歲了，石頭師在墓碑上竟刻出『民國三十八年十月七日生』，這不是天大笑話嗎？」

大家弄不清楚，石頭師為何憑空教棺材伯晚生了二、三十年。

另外，棺材伯講話明顯帶有濃重外省口音，小學裡的孩子甚至跟前跟後喊他「蔣總統」，因為如果不看他人，光聽他講話，肯定以為收音機裡那個蔣總統正對著全國軍民同胞訓話。如此腔調，墓碑上的籍貫怎麼會刻成「台灣宜蘭」呢？

村人議論推測出的結論是：「墓碑一定是石頭師喝得醉茫茫，忘掉現在到底民國幾年，胡亂下錘趕工雕鑿的，這下可真砸了他家老祖宗一路傳下的金字招牌。」

石刻店是石頭師家的祖傳行業，他曾祖父從唐山來台灣之前，於福建惠安已經傳了好幾代人。石頭師父親老石頭師，看兒子方頭大耳的模樣，應合了民間流傳「頭大面四方」的好面相，沒等兒子小學畢業，趕忙帶他到宜蘭街媽祖宮前，找命卜相士看相。

那算命仙憑藉兩隻眼睛殘存的微弱視線，加上手指觸感，發現孩子天庭飽滿，日角不失，月角無疵，地閣圓厚，尤其中意孩子臉上那堆肉坨坨的鼻子，即笑嘻嘻地祝賀老師傅：「你這個兒子長大了肯定當大官發大財，要注意囉，這款好柴千萬不要隨便拿去拜灶王公燒滾水，甚至拿去刻神明、箍水桶都可惜了，一定要不惜本的用心好好栽培。」

算命仙怕老人家沒聽進去，特地打了個更簡白比喻：「造就人才，同你老師傅挑選石頭一樣，好不容易找到一塊上好石材，就該留著刻聖旨、刻那值得長久保存的寺廟碑匾，總不能隨便拿去刻個路牌、墓碑呀！」

老石頭師一聽兒子有當大官發大財的命，當然把算命仙的話當聖旨，包了個特大紅包答謝，整疊鈔票抵過算命仙坐在廟口兩三個月收入。

老石頭師夫妻倆從此省吃儉用，縱使工作再忙，老師傅仍堅持自個兒埋頭苦幹，另一半則養雞養鴨賺點外快，全心全意設法供兒子讀書補習，毫無怨言。

哪曉得這個兒子長相大器，深獲人緣，喜歡同他一起戲耍打混的玩伴特別多。剛上中學即仿效日本電影裡的小太保，穿著喇叭褲找一截木棍充當刀劍，呼朋喚友去四處遊蕩。後來武俠小說看多了，更經常逃學，爬上九股山去尋仙練劍，總要過個幾天才被找回來。

勉強讀到國中畢業，接連考了兩年高中沒考上，老石頭師不惜花大錢將兒子送往台北火車站附近的補習班補習，最後也只考取職業學校。

高中進不了，以後想考大學等於作夢，沒個高學歷，哪來大官當？老石頭師心底懊惱且忿忿不平，覺得自己似乎被算命仙擺了一道。擱下手裡刀鑿錘銼，專程上街找算命仙理論。表面說再請高人指點迷津，其實是想試試對方能掰出個什麼個歪理搪塞，也好討個公道出出氣。

只見那算命仙緊緊閉上白濁無神的雙眼，氣定神閒地認真掐起指頭，一面彈動雙唇叨念個半天，自言自語接連嚷嚷好幾句：「不該如此，不該

如此，不該如此呀！」

「唉——」隨即長長地吐了一口氣，告訴老石頭師：「你這孩子聰明過頭，很容易受外界唆使而走岔了。」

「那我這個老爸沒讀過什麼書，下一步該如何幫他呢？」

算命仙再掐了掐指頭，嘴巴動個不停，宛如嚼一把蠶豆，折騰好一陣子，等回過神喝了一口濃茶後，才用和緩的語氣安慰老師傅說：「英雄不怕出身低，何況這孩子天資好，極有根柢，你看我們有些縣長、省議員和大官員，不都只有農校畢業？」

老石頭師想想也對，很快又恢復了信心，以為兒子只是一時迷失頓挫，將來必有出脫。

卻萬萬想不到，究竟哪個環節出了差錯，兒子進農校讀了三個學期，便因為抽菸、考試作弊，逃學曠課節數太多，帶頭要找教官打架，成串的過錯而被攆出校門。

老人家終於認命，不再送錢去孝敬算命仙，天天把兒子釘在身邊捶打石頭，要兒子學學他，一輩子把石頭當仇家，敲敲打打個不停，總有打贏的一天。

5

這個小太保畢竟傳承了老爸衣缽和手藝，加上年輕身體好力氣大，無論刻起廟堂碑石或墓碑，樣樣不含糊，跟他老爸一樣贏得好口碑，很快成為全村年輕人的標竿。

或許，那算命仙並未錯得太離譜，大家都說行行皆可出狀元呀！很多老人掛在嘴邊嘟囔的「浪子回頭金不換」，還有什麼「真金不怕火」，什麼「人認一步真，吃穿免驚嘸」等等警世格言，統統應驗到他身上。

可這回他將棺材伯墓碑上生辰年月和籍貫刻錯，弄錯了生辰籍貫，無異把一個人的祖宗八代統統給否定竄改，這對一個專門刻製墓碑的石匠而言，是相當嚴重且不可原諒的錯誤。大家似乎已經預見石頭師家祖傳好名聲，即將毀於一旦。

村人的閒言閒語，很快傳到石頭師耳朵。未料，他非但不認錯，還非常生氣，氣得眼球布滿紅絲，整坨大鼻頭紅彤彤。他丟下手中鑿子銼刀，便朝村長家跑去。

村長家客廳幾張長條板凳上，分別坐了小學校長、榮民服務處人員，以及棺材伯兩個老鄉兼老友，正認真討論棺材伯留下的房子、儲蓄，該如何按照他生前遺言全數捐給學校。門裡門外，則圍了七、八個湊熱鬧的村民。

石頭師一出現，幾乎所有人都用看好戲的眼神朝他打量，看他紅著鼻頭、眼眶，當他是特地趕來認錯悔過的小孩，全場一下子鴉雀無聲地盯住他。

石頭師顧不得理當先向在場鄉親打聲招呼，即直接把兩張紙用力地拍在八仙桌上，「砰！」一聲巨響，彷彿砸下一塊厚實的磚頭。

「你們是滿腹學問的長官，你們自己看吧！」石頭師雙手交叉胸前，氣呼呼地轉過身，背向眾人站立窗口，瞪著窗外搖晃的樹梢。

那兩張十行紙是棺材伯生前留給石刻店的，一張用毛筆明白寫下墓碑文字，另一張則簡單地繪製墓碑樣式和圖案，足以證明石頭師完全按照棺材伯所吩咐去刻製墓碑，絕對沒竄改或增刪任何字句。

村長把那兩張紙仔細瞧了瞧說道：「嗯，不錯！這白紙寫黑字，鐵定是棺材伯親筆所寫，如假包換。」抬頭卻瞥見幾道求索證據的質疑眼神，集中掃向他臉上。

村長只好將那張白底紅格子、寫著黑色毛筆字的紙張，攤開舉到眾人面前，繼續說：「你們看，這些毛筆字，個個寫得橫是橫、直是直，有翹腳、有曲腰、有頓點，跟棺材伯每年幫大家寫的春聯筆跡一模一樣，分毫不差。上面寫的正是墓碑上刻的字句，不管哪年哪月哪日出生，老祖宗哪裡人，一個字一個字寫得清清楚楚。」

村長接著翻開第二張紙，再將它豎起來展示在眾人面前：「錯不了，他連哪些字該刻在石碑上哪個位置，全畫得明明白白，證明石頭師攏總按照棺材伯生前所交代去做，並沒刻錯，誰都不該胡亂批評。」

村長話音一落，那個愛講話的阿春姨從看熱鬧人群當中搶著接上話頭，朝石頭師後背提問：「也許棺材伯年輕時吃太多苦，老來難免番番顛顛，自己七八十歲還以為才五十郎當。就好像住村頭那個嘯彩，兒孫早幫她過七十大壽，她每天照樣打扮得花枝招展，四處遊逛。有人問起多大歲數，她會張開兩片手掌，一邊豎起兩根指頭，一邊豎起五根指頭，兩手掌分開一些距離。對方刻意胡亂瞎猜二十五歲或五十二歲逗她開心，她聽了便爽歪歪地笑個不停；若有人坦白說她七十歲，哈，小心她吐你口水，怪你怎麼可以把正當青春的一隻黑貓，變成老猴。嘿，難道你石頭仔師傅也把棺材伯當成黑貓黑狗，當成嘯彩？」

「我——」石頭師轉個身想開口答辯，阿春姨不給隙縫插嘴，繼續用她尖利聲調說：「嘿，石頭仔師傅，我看你呀！標準老番顛哩！你七成是石頭敲多了，酒喝多了，頭殼已經變成石頭，糊塗了！」

石頭師趕緊用他那特有的大嗓門辯白：「我才不糊塗，棺材伯也沒起嘯，過去我常為了某些石碑上面的字，去請他寫毛筆字，每一次到他那裡聊很久。我覺得村人大都不了解棺材伯，他這一生比我們任何人坎坷不幸，卻能逆來順受，從無怨言。這樣的老人家想在墓碑上刻什麼字句，自有他的分寸和道理。我靠祖傳手藝做生意，人說顧客是皇帝，我怎麼敢隨便刻，對不對？」

村長和校長一人拉著石頭師一隻手臂，要他坐在長板凳上慢慢講，讓大家聽聽棺材伯守住的到底是哪些分寸和道理。

6

石頭師說：「當時我拿到這兩張紙，曾問棺材伯一個人怎麼可能越活越少年？棺材伯告訴我，他是三十八年十月七日那天下午踩到台灣這塊土地以後，開始能夠吃得安穩，睡得安穩，活得安穩。

「在此之前，棺材伯說他比人人喊打的野狗還不如，天天被子彈炮彈追來攆去，身邊隨時隨地有弟兄中彈身亡。經常棲身臨時挖出的壕溝，拔野草充飢，喝自己尿水解渴，只差沒切割死人肉吃下肚。

「每一場仗打下來，戰友人數總要少掉許多，伴著屍體睡覺是常有的事，有些士兵看似疲累睡著了，卻永遠沒再醒過來。每個人心裡非常清楚，活過了上午不知道能不能活過下午，撐過今天不曉得能不能撐到明天。唉，可憐呀！

「因此棺材伯認為，他這輩子是到了台灣之後才重新活過來，所以他把那一天做為生日。他說，反正離家時還是個不懂事的孩子，搞不清楚真正生日，最後部隊所留下的資料，統統由部隊長官隨意編派，那些白紙黑字他改不了，但在自己墓碑上，總可以自己做主吧！」

石頭師每天捶打石頭，耳朵重聽不太靈光。重聽的人嗓門大，聽他說話等同聽他跟人吵架。村人怕他的大嗓門轟擊耳鼓，平日少有人主動找他交談。

而棺材伯上了年紀聽力不好，也是個大嗓門，與石頭師兩人正合我們鄉下人掛在嘴邊說的，兩片銅鈸做夥鬥陣，當然能夠合節合拍地鏗鏘響。這大概是棺材伯生前常和石頭師相互走動聊天的原因吧！

石頭師這回在村長家，被那麼多人圍繞，且個個屏住氣息聽他這個大聲公講話，令石頭師有點受寵若驚，越講越帶勁。

阿春姨不知從那兒拎來一壺桑椹茶，立刻倒了一碗獻殷勤，石頭師一口氣喝掉大半碗，繼續說：「棺材伯老家在浙江一個山窩裡。十三歲時一個人跑到村口玩耍，被路過的軍隊抓去當兵。團長太太見他清秀可愛，要他幫忙帶小孩，洗碗掃地，後來發現他從五歲開始就跟老爺爺讀詩詞，練過毛筆字，團長便調他當文書。到了十六歲，聰明機伶的他和一個同齡弟兄，被指派充當敵後便衣，派往日本軍隊占領的城市，蒐集日軍布防兵力等情報。

「兩個大孩子在城裡大戶人家當長工做為掩護，那大戶人家慳吝苛刻，每餐只給剩菜剩飯，晚上睡柴房常凍得半死。想家想得厲害卻不敢逃走，怕萬一被抓回部隊縱算不被槍斃也會被打斷腿。何況團長明白告訴他們，隨時有兩名便衣在他們附近。主要擔任緊急接應和掩護，同時兼具監視任務。

「日本投降前夕，棺材伯已經由二等兵升到准尉。一次大會戰突圍受傷後，在大後方療傷期間正逢抗戰勝利，他獲准以少尉官階解甲歸田，即從漢口搭船到南京，四處打聽有什麼交通工具可以搭載他回浙江老家時，巧遇移防到當地的老部隊，隨即被老團長重新任用。

「從此，和部隊交手的敵人，換成了中共遊擊隊與解放軍，開頭兩年對方習慣打了就跑，棺材伯的部隊無端挨打之後，往往還沒弄清楚敵人從哪個方向打過來，對方早已跑得無影無蹤。

「後來解放軍人數越來越多，每次戰役都像滾雪球，一大群一大群螞蟻雄兵傾巢而出。代理連長的棺材伯帶領士兵把槍管打得通紅，人人手軟心懼，對方照樣一波又一波像淹大水，鋪天蓋地的湧過來。幾場仗一打，整個部隊便被衝垮了。

「棺材伯僥倖活命，混進逃亡的人潮輾轉南下，想等烽火平息後再找機會回浙江老家，但那股流亡人潮卻一路流竄到了廣州。他心底盤算，隨一大群難民好像無頭蒼蠅轉過來繞過去，反而不容易找到吃喝，要是憑自己年輕單獨去打拚，說不定日子會好過一點——」

石頭師正得意忘形地說著說著，突然被口水嗆住，舌頭一打結，才發覺自己被那麼多專注的眼神牢牢釘住，心底著實嚇了一大跳，只好再喝口茶潤潤喉定定神。

「唉，人算不如天算哪！像我平常刻石頭一樣，當我想刻橫的，它偏偏裂成直的，有時想削掉一點疙瘩，它偏就斷成兩半，唉——」

石頭師不自覺地長嘆一口氣，再端起桑椹茶抿了一口，用意是讓腦子有個轉圜，好掩飾自己仍未安定的情緒，但在其他人聽來，卻成了「請聽下回分解」，為了吊人胃口所鋪陳的玄機。

7

阿春姨耐不住急性子，趕緊插了一句：「石頭仔師傅，棺材伯在廣州，究竟怎麼了？有沒有再遇到老團長幫他忙？」

「哈，阿春姨妳真厲害，但這回可沒猜對。」石頭師說：「因為棺材伯根本沒料到，他脫離霸占小學的難民群，在街上兜了個圈子，立刻遭一支部隊派出的武裝糾察人員抓回軍營去頂人頭。

「頂人頭的意思是部隊有人開小差溜掉，部隊長必須派人出去抓個人回來頂替。既然是頂人頭，跑掉的如果是個二等兵，被抓回頂替的人就只能當二等兵。跑掉的人叫王五，頂替的人必須跟著叫王五，如此才能繼續領用王五那份糧餉。

「從此棺材伯由原先代理連長占了上尉缺的官階，坐在滑梯上往下溜，一下子降為剛入伍的二等兵，姓名也被換過。他就這樣頂著別人祖宗給的姓名，駐防過舟山、馬祖等地。三十八年十月到台灣之後，派駐宜蘭河口守海防班哨，才慢慢升到上士退伍。

「棺材伯退伍後打零工為生，這回果真像阿春姨剛剛說的，幸運之神再度照顧他。當他在宜蘭街上閒逛時，有個熟悉的人影出現在一家鐘表店前面，嘿，這不就是老團長呀！於是由老長官出具證明，協助他將姓名改回來，並介紹到村裡小學當工友，直到退休。」

一屋子人，全然變成學校課堂的學生，安靜地聆聽石頭師授課，看他比手畫腳地訴說棺材伯的故事。這種場景，石頭師作夢都不曾夢過。

他想，自己天天悶著頭用鐵鑿鐵錘捶打削刻石頭，腦筋直來直往，此番為了講棺材伯仔，竟然能夠學收音機裡的說書人，講了一長串故事，連自己都覺得驚奇。肯定是棺材伯在冥冥之中幫助他，甚至是棺材伯借用他的嘴巴傳達這些話。

打鐵趁熱吧！他看著大家還沒回過神，趕緊把棺材伯那兒聽來的故事繼續往下說。

石頭師說：「人心攏是肉做的，誰不想葉落歸根呢？開放大陸探親後，有老榮民把儲蓄帶回大陸老家去幫助親人或置產定居，棺材伯回過一趟老家，發現父母早已往生，攀上親戚的全是些彼此不相識的晚輩，於是他下了決心，死也要死在生活了一甲子的宜蘭鄉下。

「大家想想，一個老人過去大半輩子不是守我們海防，便是擔任小學工友，到村裡打零工，最後連死掉都想埋葬在我們這個鄉下地方。這樣一個人在墓碑籍貫刻上『台灣宜蘭』，有哪個敢站出來批評他沒資格？」

8

大家聽完棺材伯故事後，心情難免起伏，誰也不想開口說話，紛紛把眼神轉向村長。

村長像個會議主席，站起來嗯啊幾句，立刻拉住榮民服務處人員接棒。對方補充說：「棺材伯生前交代，後事一切從簡，希望能多留點錢，連同房子統統捐給學校。相關手續，已由村長先生、兩位老戰友擔任見證人，到法院公證過。我們先前討論半天，最頭痛是正式捐贈儀式那天，該請誰上台講述棺材伯生平，我看這下不用傷腦筋了，石頭師絕對屬最佳人選，大家意見如何？」

「對！對！對！」一堆人異口同聲表示贊同。掌聲之後，村長特別添了一句：「石頭仔師傅上台，聲如洪鐘，到時候可不必麻煩學校接擴音喇叭哩！」

事情敲定了，人們陸續散去。村長想起他還知道棺材伯一些事，可以讓石頭師補充講述內容，便拉住他說：「棺材伯擺放棺材被發現後，曾經告訴我，人死了埋進土裡慢慢都叫蟲吃掉，所以除了找個墓地把棺材埋了，不必留什麼神主牌位。當時我建議他，不妨預留一筆錢在礁溪山上佛寺買個位置放牌位，逢年過節自有和尚尼姑幫忙誦經超度。

「你知道棺材伯怎麼說嗎？他認為，一死百了便是超生了，何況他沒半個兒孫。十幾歲開始，就看過太多戰友身首異處倒臥戰場，任憑風吹雨打日曬雨淋，蛆蟲鑽進鑽出，散發惡臭。部隊且戰且走，哪來時間收屍？事後要是能有善心人士挖個大坑堆個萬人塚，不曝屍田野成為野狼野狗的食物，已經算萬幸，誰去豎什麼碑立什麼牌，逢年節誰去誦經超度？尤其，他活著時有屬於自己的房子住，死掉時有副好棺材躺著，有塊地方埋他，夠福氣了。不如多省幾個錢，幫助學校那些窮娃兒。

「他甚至交代，現在山上的好木柴大多被砍光了，好木料越來越少越來越貴，等他埋個三五年肉身被蟲吃掉，便可以找人將他那副檜木棺材挖出來，把棺材板扛回村裡擱在水溝上當橋板。」

「唉！」村長感慨地說：「棺材伯最後這些年腰椎、膝蓋疼痛，除了偶爾到你石刻店走動，幾乎極少出門，所以他的印象仍停留在好幾年前，不了解村中的水溝該加蓋的都已加蓋了，連大溝也搭了水泥橋，根本用不著棺材板了。但一個外來的老芋仔，人要躺進棺材了還有這份心，真了不起哩！石頭仔師傅，這些你可不要忘了一併加進去。」

石頭師半堆半就地，迅速成了我們鄉下的名嘴。在小學接受棺材伯遺贈典禮上講過棺材伯行誼之後，村長又請他在村民大會講了一回。

大家發現他演講一次比一次順暢精彩，連榮民服務處處長都派車接石頭仔師傅到榮民節慶祝大會上，向全縣榮民演講。村長、阿春姨以及聽過石頭師演講的村人，紛紛鼓動他出來選下屆鄉民代表或縣議員，他們願意擔任助選員，出錢出力。

遺憾的是，石頭師那個老爸老石頭師傅早已不在人世，否則他說不定會再包一個大紅包，送給媽姐宮前那個算命仙。

當然也有人認為，紅包可不能給算命仙，要感謝的應當是棺材伯，因為棺材伯這一死，才給了石頭師一個發揮潛能和表現口才的機會呀！

（原載二〇一七年七月二十三——二十五日《自由時報》副刊）

坐罐仔的人

一年當中，總有一兩段時間不見老鼠樹仔，就像學生放寒暑假及其他連續假那樣，全村人都不知道他去向。你猜來我猜去的結論，終歸是被警察抓去關了。

於是，「老鼠樹仔」這個綽號，很快被「坐罐仔老鼠」所取代。「坐罐仔」係台語發音，用坐在一隻瓶子裡，去形容人被關進不自由又狹窄封閉的空間。

平日裝醋裝酒的玻璃瓶，要大到能夠讓隻老鼠坐在裡頭，已經不容易，而老鼠樹仔是個大人，勢必要找到水缸那麼大的瓶子，才好教他坐進去，宛如故事書或繪本所呈現的情節。

等我開始讀書認字，尤其上了中學之後，總算真正領悟到「坐罐仔」講的是罪犯蹲進監牢，三個字應當從「坐監仔」誤讀延伸過來。

早年鄉下人大多不識字，某些用詞僅靠口耳相傳，一傳再傳，難免變調走音。好在不管罐子、瓶子、盒子或任何容器，一旦屁股緊跟著「仔」字，立刻使人明白，其空間大小極為有限，肯定小到超乎想像，大家就不會把它想岔了。

老鼠樹仔住家門口對著一棵老茄冬，離樹不遠長一叢竹子。出生後報戶口，他父親想到過去常聽讀過書的人說：「松竹梅歲寒三友」，有幾年幫民眾寫春聯的鄉公所職員也這麼寫，還說這三友遇上再冷的寒冬都不怕，因此打算幫老鼠樹取名青竹，鄰居都認為這名字不俗，筆劃少又好寫。

未料，那熟識的戶籍課長卻建議：「叫青竹不如取名大樹，你住家門口那棵茄冬，雖然不是松樹、梅樹，畢竟是棵大樹，幾十年來歷經無數次風颱地震，照樣長得粗壯，如果孩子連名帶姓叫王大樹，叫起來多氣派呀！」

戶籍課長強調：「等孩子長大了，有機會跟洋人打交道，包括遇到隔壁村教堂那個阿督仔，他們稱呼彼此，習慣把對方名字擺在前面，姓什麼丟到後頭，不論誰叫你那後生的名字就成了『大樹．王』，呵呵，不但是一棵大樹，還是大樹王哩！多神氣呀！」

可惜王大樹家幾代全鬧窮，沒田沒地可耕作，小學畢業後只能到處打零工。沒工可做時，常常背起雙手，半瞇著眼睛，彷彿一粒木頭雕刻的陀螺，盡在店仔頭、廟口打轉。

我們鄉下蒼蠅多，也有人拿蒼蠅形容老鼠樹仔，說他像爐灶和糞坑周邊的綠頭蒼蠅，盤來繞去離不了腥臊。後來大家察覺，他常無來由的從村頭走到村尾，再由村尾踅回村頭，酷似一隻老鼠支起鼻子四處探頭嗅聞，四處遊逛，便叫他老鼠樹仔。

久而久之，人們幾乎忘記該叫他王大樹或者是大樹王。

一個遊手好閒的人，跟專門偷吃食物的老鼠名號黏在一塊兒，實在教人難往好處想。因此，哪家木瓜柚子遭人偷摘，哪家番薯被盜挖，哪家雞隻走失了，通常第一個被鎖定的作案嫌疑人，橫的豎的都會賴上老鼠樹仔。

奇怪的是，幾乎全村的孩子都喜歡隨著他到處打轉，雖然年齡差一大截，照鄉下規矩最少要叫他樹仔伯、樹仔叔，偏偏他愛跟孩子們沒大沒小地一起打混，我們便把這個伯叔視同故事書裡的傳奇人物。

尤其碰上老鼠樹仔突然消失蹤影，聽說他去坐罐仔，大夥兒玩任何把戲總覺得少掉一腳，玩起來意興闌珊。

有一回，村裡腳踏車店供在牆壁上的電視機被人偷走，老鼠樹仔果真是警察第一個找去問話的人。

老鼠樹仔為了清白，不斷地高舉右手對天發下重誓，警察卻說每個被抓到的小偷都懂得耍弄這個老招數。他要求警察大人帶他到古公廟或宜蘭街城隍廟，當著古公三王、城隍爺及眾神面前發下毒誓，若是他偷了電視機，馬上叫閃電娘娘劈斷手腳，被雷公夯成肉餅，遭火車輾成肉醬，剩下三魂七魄再下十八層地獄。

那警察大人嗤之以鼻，發出冷笑，甕聲甕氣地回嗆：「請王公辦案？那要我們警察做什麼？哼，王公才不會理你這款小人，也不會跟我們搶飯碗。你手腳不乾淨，還想要我帶你逛街進香看熱鬧？」

最後經過整日夜盤問，始終問不出結果，警察只好讓老鼠樹仔兩手搊住屁股，一拐一拐地離開派出所。過了三、四個月，羅東街那邊的便衣刑警從某家電器行發現那台電視機，根據電器行老闆描述賣他電視是個胖子，講話帶外地口音。明確地幫老鼠樹仔洗刷了冤情，因為他渾身上下骨瘦如柴，總不能為了當小偷變賣贓物把自己吹成大氣球。

在老鼠樹仔成為嫌疑犯期間，村人很想知道警察如何修理他？老鼠樹仔會先把右手食指豎在嘴唇上，緊閉雙唇不吭氣。逼急了，才會正經八百，學我們小朋友在教室面對老師背書時那種認真神情，緩緩說道：「警察大人一再交代，從我離開派出所大門那一步開始，任何人問起，我只能告訴大家，警察找我到派出所喝茶聊天。」

村人再怎麼套他話，他總是一再重複這幾句話。

但在我們孩子面前，他會一面拉下褲頭搓揉著紅通通的屁股，一面顯露出詭譎怪異的表情，先重複那幾句：「警察大人一再交代，從我離開派出所大門那一步開始，任何人問起，我只能告訴大家，警察找我到派出所喝茶聊天。」然後伸出手臂把大家攏近身邊，細聲細氣告訴我們：「警察大人要我什麼都不能說，不能把他們揪我耳朵，掐腫我屁股，用蒼蠅拍抽打我嘴巴，抓刺毛蟲放在我大腿上遠足的種種情形告訴別人，絕對不准說出去，甚至在神明王公面前都不能透露半句。」

老鼠樹仔這番話，讓大家感受到他對待我們這些孩子，確實比對其他大人要好。於是，有人得寸進尺地問他：「如果當時你害怕屁股被掐爛，承認偷了電視機，那警察大人又把你送去坐罐仔，你害怕嗎？」

「我才不怕坐罐仔，全村人不都叫我『坐罐仔老鼠』嗎？我害怕的是警察學瘋狗那樣隨便咬人，只為了向上級交差。等哪天我坐在罐仔內，村中有東西被偷，那些警察不又隨便抓個落衰的頂替？」

「為什麼你不怕坐罐仔，那個罐仔究竟長什麼樣子？你一個大人怎坐得進去？坐了是不是跟都市人坐『臭』水馬桶，或是和我們邋鞦韆差不多？」

對孩子們的提問，不管任何問題，老鼠樹仔總不厭其煩地說得清清楚楚，好像電視和收音機節目中說書說戲文那般詳細。

他說：「那罐仔比家裡用的酒瓶酒甕大很多。你們小孩子進去也許可以站直尿尿，大人只能蹲坐在裡頭，想站也站不起來。那種設計是故意要使關在裡頭的人，天天坐到兩腿痠麻，忘掉自己還長有兩條腿能夠逃跑。罐仔雖然透光，想看外頭世界卻不容易，任你再怎麼用力睜大眼睛瞧，眼前一切都變得朦朦朧朧，搞不清楚白天或晚上。」

「那吃飯怎麼辦？放尿放屎又怎麼辦？」每個鄉下孩子最擔心餓肚子，以及憋不住屎尿而弄髒褲子。

老鼠樹仔經過一番抓耳撓腮，再板起面孔用老師告誡學生的口氣說：「坐罐仔期間有人送飯，但得看牢頭臉色，萬一不小心惹他不高興，別說飯菜，連水都沒得喝。沒喝水當然不會有多少尿，勉強灑個幾滴，那叫甘霖，多寶貴呀！你們年紀小或許不知道尿可貴，告訴你們，自己的尿在必要時刻，營養又能解渴。」

然後，他把左手五指併攏，彎曲成盛水瓢勺，舉到嘴邊仰頭做出一飲而盡的模樣，緊接著還嘖嘖有聲地用舌頭舔了舔嘴唇。

至於放屎。他把右手拇指和食指兩個指尖掐一塊兒，露出個透空的橄欖形狀，說道：「坐在罐仔裡頭，任何人都會像偷懶的母雞，隔個幾天才蹦出一兩顆小蛋，硬邦邦的，掉下地奇哩喀囉響，外觀五花十色，滿好看哩！」

經老鼠樹仔這一說，弄得我們個個掐住鼻子，陸續喊道：「哎呀，臭死了，一定臭死了！」

「不臭，不臭，沒騙你們，它一點都不臭。」老鼠樹仔忙著揮動雙手解釋：「坐罐仔的日子難免無聊，那硬邦邦又不臭的屎蛋，正可以拿它當彈珠玩，或拿它下五子棋，遇到那個人惹你不高興，還可以充當石頭砸人。」

「哎喲！」大家不約而同的皺起眉頭，再次捏住鼻孔。有人邊後退邊嚷嚷：「老鼠樹仔伯，你是超級垃圾鬼！超超級的垃圾鬼哩！」

可老鼠樹仔說得跟繪本《歷險記》同樣精彩，教人不得不信，每個孩子心底對他總是服服貼貼。

直到很多年以後，我們長大了，讀了一些書，看過一些電影，才知道監獄的真實情景與老鼠樹仔說的不太一樣。也慢慢搞清楚，他根本沒進過監獄。

老鼠樹仔有幾次喝醉酒發酒瘋，說要跳進宜蘭河三角潭裡捉水鬼，緊抱高壓電桿說要爬上去走鋼索，又揚言他要到宜蘭街搶銀行，救濟我們村子的窮赤人家。還希望能夠搶足幾個大麻袋，用鐵牛車載著去環島，幫助全台灣的窮人。

警察怕他酒後亂性傷人，便將他強行帶回派出所。甚至用繩索把他雙手反綁在椅背上，任他胡言亂語唱歌罵人，累歪了即勾下頭打呼嚕流口水。有時免不了尿褲子，使派出所值班台附近地板做大水。

看來，早年我和童伴們所聽到的故事，有很多應該是老鼠樹仔幾大碗米酒下肚，還沒進警察派出所尿褲子之前，興起編串的。所謂坐罐仔，主要用來唬弄鄉下孩子。

反正，每隔一段日子，短則好幾天長則一兩個月，見不到老鼠樹仔的人影，警察大人認為難得圖個清閒地坐在值班台喝茶看報，便不曾去干涉聞問。直到老鼠樹仔重新在村子出現，大家問他去了什麼地方？標準答案始終只有一個——去坐罐仔。村裡大大小小不得不信。

過了些年，才知道老鼠樹仔不見人影的時候，並非進監牢而是跑到外地賺錢，積點庫存，好做為常年窩在村裡閒逛瞎聊時所需的生活費用。早先，他跑到金瓜石、猴硐、雙溪去當臨時工，挖金礦挖煤礦，直到礦坑一個個封閉，他便跑到四季、南山、埡口、武陵山區，去幫人家種菜種水果。

老鼠樹仔說：「在窄逼又黑沉沉的礦坑，能碰到面的，攏總是灰頭土臉的黑面鬼。每天人模人樣地下礦坑，等爬出礦坑時已經變成黑面無常，哪裡也去不了，與犯人坐罐仔根本同一款。而在山裡種菜種水果，僅有雲霧吹過來飄過去，打扮成鬼魂隨時纏住你，往往接連幾天見不到半個人影，滿山遍野只剩自己一個人，像陀螺轉圈圈……」

沒等老鼠樹仔把話說完，滿臉雀斑綽號小麻雀的女生插嘴：「聽我們老師說過，山裡的菜園果園大多一望無際，比我們整個村子都大，它不但風景美麗，到處鳥語花香，沒有汽車摩托車和工廠機器聲吵人，泉水和空氣比平地新鮮，在山上種菜種水果應該快樂似神仙呀！怎會是坐罐仔？」

老鼠樹仔一面誇讚小麻雀聰明，一面笑說：「如果我們上山遊玩欣賞風景，在飯店賓館吃住，確實可以當快樂神仙。但換成一個必須為生活上山打拚做苦工的人，心情和處境肯定完全不同。像我，每天天剛濛濛亮就帶著便當下園子，直到太陽下山才摸黑回工寮。山上氣溫比平地涼爽，忙不完的工作卻照樣令人汗流浹背。一個人站在泥地上，無論任何時刻放眼朝東西南北望去，全部空蕩蕩地。四周只有那些更高的山峰圍繞著自己，形同一堵又一堵高聳的圍牆，想突破重圍，手裡握的鋤頭犁耙偏不是孫悟空的如意金箍棒，捅不出把戲，不是坐罐仔又是什麼？」

他一口氣講了一大段，然後無奈地把雙手朝外一攤：「暫且不說鑽進礦坑或跑到山上是坐罐仔，平常我一個人在村裡過日子，要為三頓飯發愁，受窮苦折磨，如果少了你們這些小兄弟小姐妹同我說說笑笑，那跟坐罐仔有何區別？現在你們年紀小，與家人住一起，當然感受不到什麼叫孤單，什麼叫可憐。而像我這把年歲的羅漢腳仔，哈，台灣島夠大吧，就算把所有居民遷走，免費送給我一個人居住，吃的用的必須樣樣靠自己，我也會覺得自己正在坐罐仔哩！」

過了很多年之後，我們那群一塊兒長大的夥伴，相繼查覺到老鼠樹仔已經像老樹般彎了腰駝了背。又過些時候，全村和鄰近幾個村都沒人看見老鼠樹仔身影。

村人彼此見面，聊著聊著很快就會說出同樣的話題：「這個老鼠樹仔，大概又去坐罐仔了！」

（原載二〇一六年六月十五—十六日《聯合報》副刊，二〇一六年七月二十七—二十九日《世界日報》小說世界）

卷三

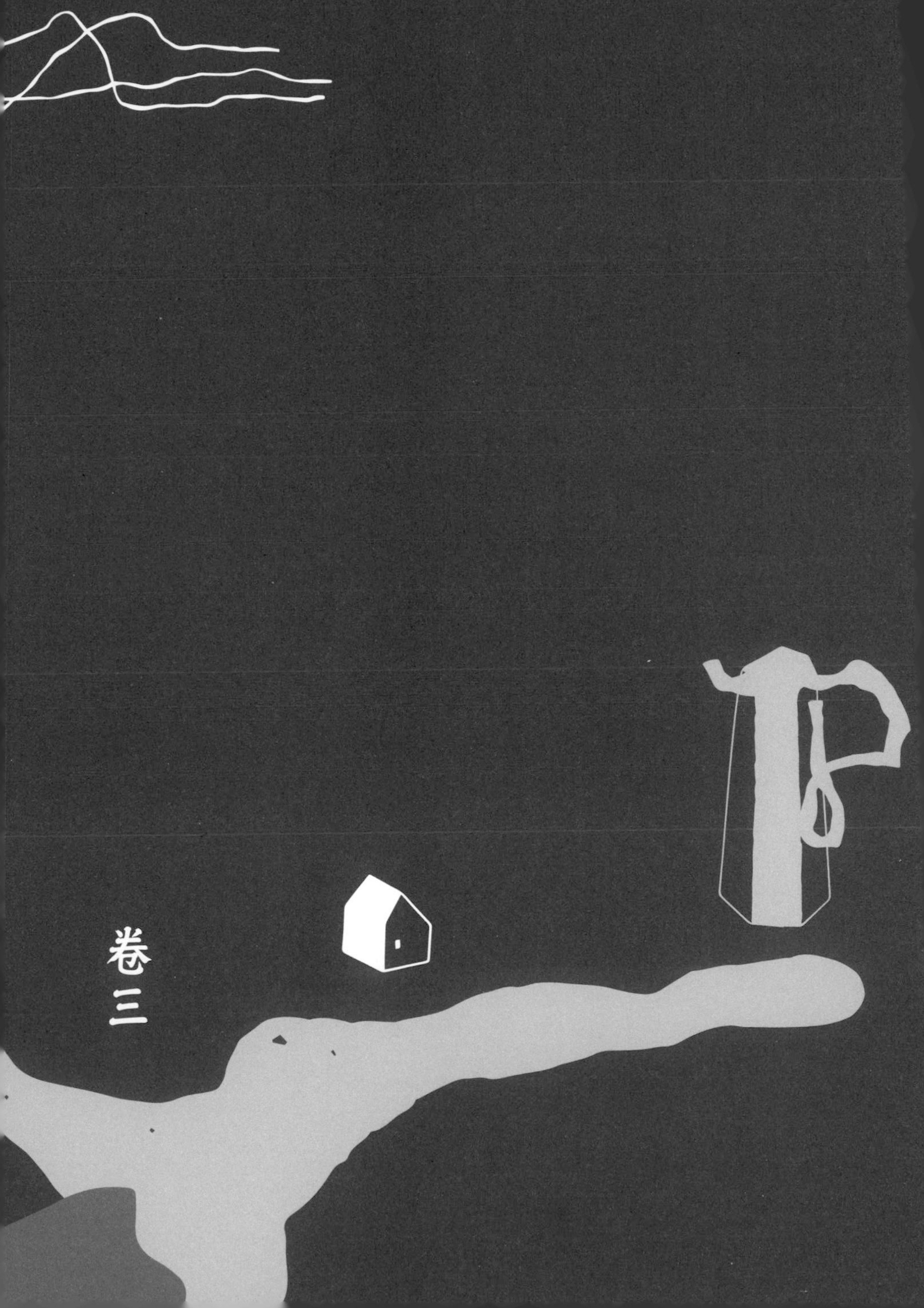

復健故事屋

1

電視尚未普及前，鄉下的王公廟、雜貨店，甚至腳踏車店，都是孩子們的故事屋。後來，說故事的老人和聽故事的小孩全不見了，雜貨店跟腳踏車店陸續失去蹤影，只剩下一尊尊神明雕像照舊坐在經過不斷擴建的廟裡，愣頭愣腦地緊盯住繚繞的青煙，騰空消散。

人呢？老老小小好像除夕圍爐，統統窩在電視機前，看節目主持人、藝人裝瘋賣傻。躲家裡看電視不怕風不怕雨不怕冷不怕熱，儘管節目不見得好看，歌唱不見得好聽，但可供大人消磨時間，小朋友也不會跑到外頭撒野，這是標準答案。

我不喜歡看電視，自然說電視的壞話。自己日常作息，偏愛黏住電腦，勤快地按鍵盤，胡亂寫些字句綴成篇章，萬萬料不到最近竟叫這親密的科技老友給出賣了。不但肩頸痠痛，兩眼酸澀，連看小說都會突然走神，躺床上半天還睡不安穩。

原以為歇個幾天，這瘆痛會像颳風下雨，颳過下過即回復常態。誰知道一個星期過去，兩個星期過去，再細數，拖了個把月，依舊疼痛不已。

尤其每天黃昏騎腳踏車到鄉下，途中需要轉轉腦袋注意路況、看看風景，等於全交給一個不聽使喚的木頭人。偶爾瞥見脖子比身子長的白鷺鷥，顧盼自如地漫步田埂或踩進水田裡覓食，更是羨慕又嫉妒。自己並非大塊頭，卻像透廟會遊街的大身尪，硬撐起僵直脖子、高聳肩膀，勉強轉動眼珠子看人，實在可憐。

想來想去，只好乖乖走進醫院求助。復健科醫師說，必須每天進行熱敷、電療與牽引等治療。

醫院這間復健治療室呈凹字形，僅開個大門，牆邊沒有任何窗子，方便置放長的方的高的矮的以及奇形怪狀的儀器，或站或坐或躺的伺候大家。攤位一路擺開去，儼然歡樂園遊會的格局。

人在儀器面前，該舉手該抬腿，該站立該端坐，該仰躺該趴臥，絲毫不能含糊。某些儀器操作時，專供某個人差遣，其他人必須輪班等候；某些儀器卻可以拉出許多纜線，同時普渡眾生。如此場景，何止雞犬相聞。

接受復健治療患者，大多上了年紀。老人落單，形同木頭泡進水裡，全部縫隙裂口迅即閉合；可一旦撈出水面，三五群聚，不管識與不識，自然有人想開口說話。

老人嘴裡的話語，好有一比。我們鄉下早年未裝自來水，飲用水汲自水井。這水井泉眼日夜不停地汩汩冒泡，卻從未滿溢氾濫；而炎夏孩子爭相舀水嬉戲沖涼，歲末家家戶戶筅黗清洗門窗地板，連帶桌椅櫥櫃一併沖刷，也未見枯竭。

只要老人們樂於開口，無論親身經歷，或聽來看來，或經過加油添醋地炒炸煎煮熬燉，必定豐盛而有趣，變成自己跟所有患者忘掉痛楚的特效處方。

也就這樣，讓我找回消失了幾十年的故事屋。我姑且叫它「復健故事屋」。

2

根據醫生診斷，長時間使用電腦，已經將我第五節與第六節頸椎擠得不留間隙，壓迫神經而導致肩頸痠痛，必須進行幾項復健治療。

入門第一個動作先熱敷。熱敷袋像護腰也像野戰士兵佩掛的子彈袋，從滾燙的水箱中拎出來，用條大浴巾包裹，搭上雙肩及脖頸，自行計時十五分鐘。

我感覺這療程相當舒服，人坐靠背椅，稍稍抬高視線便瞧見牆上播映的電視節目，不然乾脆掏出自己帶來的小說閱讀。如果不看電視不看書，朝大門望去，可不時瞧見和自己同病相憐的難友，斜著肩膀或歪著腦袋，瞇著眼睛或蹙著眉頭地進進出出。

第一天我沒帶小說，大門正是我探看外界動靜的出口。一位老先生撐根拐杖走進來，顯然是復健治療室的常客，熱敷包剛擱到腿上，即有人主動跟他搭訕。他說趕早去向個不該死的朋友拈香，所以來晚了。

鄰座問他：「怎麼叫不該死？究竟出什麼意外？」

他說：「這個朋友喝掉一大碗除草劑想自殺，結果照樣活跳跳。後來吃肉喝酒進補，慶祝自己撿回一條命，反而中毒死翹翹。你說，冤枉不冤枉？」

「哪來這款怪事？」

「想不到吧！我那朋友買到的竟然是假農藥，喝下肚不久又吐又瀉，再昏昏沉沉睡了兩三天，本來勇壯的身體變成虛弱無力。親友勸他說，既然天公伯叫他繼續活下去，不妨活得快樂些。他想想是應該振作，接連幾個月盡吃好料進補，每天睡前還喝杯浸泡人參鹿茸的補酒，喝著喝著再也醒不過來了，據說喝下肚全是來路不明的假酒！」

「嘿，假農藥救回他不想要的那條命，假酒卻奪掉他想繼續活下來的這條命，天啊，這是什麼世界？」

「什麼世界？這十來年黑心油、黑心牛奶、黑心豆腐、黑心肉排、黑心茶包、含毒澱粉、含毒嫩薑、含毒魚蝦、含毒假酒……充斥大小商場，唉，你們說有哪個不受騙？搞不好再過些年，台灣任何墳場撿骨，挖出來肯定是骨頭發黑的木乃伊！」

3

聽完這則故事，我轉移陣地去拉脖子，利用牽引機具把兩節頸椎拉開些，讓相關神經不再被壓迫。

用來吊掛腦袋的帶子，底端分兩岔，一條護著後腦勺，一條兜住下巴頦。間歇地朝頭頂上方施以拉力，力道從五公斤分階段增加。

這個療程如同小朋友調皮被罰面壁，不能任意擺頭或晃動身體，不能開口說話，眼鏡也要摘下來。所幸可以閉目養神，可以聽人家講故事，比較遺憾是幾個鄰座皆陷於相同處境，統統開不了口。包括平躺牽引腰椎的，不但沒人說話，偶爾還打個呼嚕表示他在你左右。

突然來個老人頂替前面正好結束療程的座位，老人身邊帶個四、五歲孩童。小娃兒看阿公腦袋被吊掛牽引，每隔幾分鐘就去拉扯老人家衣袖問道：「阿公，你脖子被機器這樣吊著拉一下拉一下，什麼時候才會變長頸鹿？」

可惜鄰近吊脖子和躺著牽引的長輩，必須學習老僧入定，沒人笑得出來。

十五分鐘過去，換成電療項目。四個柔軟的橡皮杯罩，分別吸住雙肩及肩胛骨內側叫膏肓的穴位。現代人大多聽過「病入膏肓」這句成語，卻很少會去探索這個地方。

據說人體內部這個角落，任何藥物效力抵達不了，一旦有病痛躲藏那兒作怪，無論盤踞著大妖魔或小妖精都挺嚇人，在古代連身為一國之君遍尋天下名醫，都奈何不了它。希望現代復健醫學動用那麼多科技儀器去圍剿，能夠探囊取物，手到擒來。

電療令我肩頸與背部筋肉，宛如被撥動彈跳的琴弦，陣陣抽搐，確實令原本緊縮團塊的肉坨坨稍事鬆弛，也脫離吊脖子時的諸多限制，還給我眼耳口鼻自由，恢復它們該有的搜尋功能。

有個四十來歲的男子，用輪椅推著老媽媽候診。也許是醫師交代，也許出自媽媽要求，也許是這個兒子自行發想，他不顧眾人目光，自顧自地背誦起詩詞字句，讓老媽媽玩接龍。

兒子先起頭：「牀前明月光——」，媽媽自動搭上：「疑是地上霜。」兒子繼續念：「舉頭望明月——」，媽媽毫不遲疑地念道：「低頭思故鄉。」

當兒子把頭微微抬起，作勢眺望遠方景致，再徐徐念出：「白日依山盡——」，媽媽則不動聲色地接手：「黃河入海流。」兒子立即瞪大眼睛，頂起抬頭紋繼續念：「欲窮千里目——」媽媽也毫不含糊地對應：「更上一層樓。」

念過五言絕句，兒子突然把考題換成七言的〈出塞〉，嘴裡「秦時明月漢時關」僅僅露出點口風，那秦代的月亮尚未照到漢朝關塞之前，輪椅上的老媽媽已經跟隨那月色光華，在關塞上漫遊。

緊接著母子倆齊聲誦讀：「萬里長征人未還；但使龍城飛將在，不教胡馬度陰山。」讓中國歷朝歷代整個邊防陣勢，即刻在大家眼前擺布開來。

不管人們是否讀過這些詩句，懂這些詩句，整間復健治療室像突然斷電，霎時安靜下來，人人豎起耳朵，全神貫注地聆聽這對母子將會繼續朗讀什麼。

依我看，無論李白、杜甫，無論王之渙、王維、王昌齡……，在任何時刻，都是這對母子熟識的老鄰居。

4

接續的療程，使我尷尬，因為它會製造噪音干擾別人。

治療方式由治療師操控一把震動槍，逐一擂搗肩頸痠痛部位，看見患者時而咬牙切齒，時而眉毛眼睛鼻子嘴巴團團緊縮，嘿，不用問，顯然正中靶心。

這療程彷彿軍隊震撼教育課程的機關槍掃射，發出噠、噠、噠、噠成串巨響。短暫幾分鐘，仍不免打斷周邊進行中的話題和故事。

接受復健治療，每個人身上多少纏掛電線或貼著吸盤，或照射熱能或平躺牽引，雖非人人方便開口，卻不難聽到有一搭沒一搭地對應著。可遇上機關槍掃射，所有人必須掛起免戰牌。

任何人活到一把歲數，過往蒐集存檔的見聞太多，實在很難再容納多少新資訊，面對治療室裡大大小小各式各樣的儀器與療程，猶如置身文字和言語都不通的外國城市。什麼紅外線、短波、微波、超音波，什麼向量干擾、低週波電刺激、功能性肌肉電刺激牽引、組織鬆動術等等，誰也記不住。

要想記牢就得變通，把這些名目當作兒孫的遊戲叫喚。於是，我要吊脖子，我要拉腰，我要照燈，我要電電，我要打槍，我要舉手，我要踩腳踏車，我要做蠟燭，我要轉車輪……。

能把治療病痛視同日常生活來操課，所有的痠楚疼痛，自然減掉好幾分，甚至暫時遺忘。

儘管每名患者療程各異，但幾個療程加起來，通常差不多花一堂課時間。想到每天僅此一堂課應卯，縱使再難挨，似乎也能夠很快打發。

5

人在醫院候診，多少會聽到熱心人士主動提供診療偏方，復健故事屋自不例外。

第二次復健，坐我後面進行電療的兩位老太太正聊得起勁。其中一位高興的說，她發現自己近半年來記性變好，某些從前怎麼也記不住的事物，現在都想起來。對方立刻問她，到底看過哪個醫生？或吃過什麼補腦的藥？

「我沒看過醫生，也沒花錢買什麼補腦藥。」

「那是拜了哪間廟的王公？」

「這次沒拜啦！是我買菜時無意間聽人家說的，說任何人只要不斷地訓練自己去記住身邊事物，就能加強記性。於是我利用每天清晨外出散步的時候，去記那些停放巷口和路邊的汽機車車牌。這些車子大多屬附近住戶，停放位置變動不大。我像學校老師對學生點名那樣，輪流記誦車牌，慢慢連某輛車外觀新舊、顏色、式樣，某輛車突然缺課或臨時遲到早退，我統統知道。」

「可這方法對我有點難哩！我年輕時沒讀過書，看不懂車牌上的ＡＢＣ呀！」

「唉，我們這些老太婆有幾個懂ＡＢＣ？你光讀那１２３４就可以了。開始當然不好記，但用點方法變通，國語台語攏總來，便容易記住，像２４８９你是白狗、６７６７落去落去、５２６８我你老爸、２７００兩手空空、３７７９９三隻雞兩隻狗，不難記呀！

「車牌如果三個號碼，那更好記。１１９、２２８、５４３誰都記得住，免講；其他像５３８我三八、２８７你白痴、７４５氣死我，７６９去遛狗，多麼好記呀！剩下不順口又找不到變通話語的，多念個幾遍，一天兩天來回複習，應該也能夠記住，再說目的是練記性，又不是警察大人查案，不用太緊張，誰去管它什麼ＡＢＣ該誰去坐飛機。」

「嗯，這好玩喔，真的只要記記車牌，就能不變白痴？」

「應該吧！反正沒壞處，至少把小時候學過的１２３４５６７重新找回來呀！」

復健的患者來自不同鄉鎮，且從事過各種不同行業，歷練和遭遇不一樣，說起自身見聞也就五花八門。

討論記車牌防痴呆的兩位老太太，先後結束電療轉往別的治療項目，座位換由兩位男士取代。先來的對後到的男士說：「剛才看你老兄閉目養神躺著拉腰，沒跟你打招呼，怎麼才隔一下下便不見人影？」

「唉，肚腹內菸蟲作怪，不得不到停車場去過個癮。」

「這麼說，你老兄肺部已經沒問題囉！」

「哈，哪來那麼好福氣，每位醫生都警告我不能再抽菸，可抽菸偏偏像抽鴉片賭天九牌，數不清戒過多少次，結果每回像小孫子斷奶，眼淚鼻水雙管倒，整個人等於氣球消風患了重病，路都走不穩，真丟人現眼謝世謝眾。唉，大概要把頭砍下來，才戒得掉吧！」

菸槍老伯的鄰座，一時不知道如何勸說對方，只好近乎自言自語的說：「能少抽就盡量少抽，對身體總有好處。何況現在走到哪裡，人家都怕吸二手菸。」

「唉，反正再活也沒多久了！」

6

在復健故事屋，常聽到有人怨嘆，說自己再活也沒幾年，竟然要來受這些苦刑。當然，也不難聽到有人認命承擔，表示自己年輕時偷懶，動得太少，而今被罰，應該！

所以某些從學校退休的老師們在這兒見面，即相互嘲弄對方肚腹裝填太多學問，才導致坐姿站姿不端正；離開公職者則調侃自己，飯前飯後沒公文簽辦，又沒人管你成天按電視遙控器或滑動手機面板，大概要具備鋼鐵人的脖子和手臂，才禁受得起。

來此接受復健治療，尤其當熱騰騰的熱敷包圍住肩頸，或是頸脖被好幾公斤拉力往上提起，或由電療吸盤陣陣刺激，迫使自己渾身筋脈抽搐，開始向神壇乩童學樣之際，對任何人都是大考驗。而今，某個角落竟然有人娓娓敘說起一則又一則故事，這些故事無疑會教大家的注意力轉移，如此一堂筋骨備受折騰的課程，似乎很快過去，僅剩眨眼功夫。

看過病的，都有類似經驗——醫師實際診察時間，往往只花短短幾分鐘，事先卻得在候診室排隊枯坐數十分鐘。像路邊招呼站等公車那樣，等候的時間往往比坐在車上的時間長許多。

因此等車、等看病，隨身帶本小說打發時間已成習慣。而在復健故事屋，小說往往派不上用場，特別是前後左右有人說故事的時候，我馬上回復到幾十年前，變成一個喜歡坐在廟口或雜貨店聽故事的小孩，而不是藏身某處偷偷看課外書的小孩。

每回復健，掛號窗口會在治療單背後蓋個藍色收費章，以及治療師的紅色印章，讓治療單持有人的資歷深淺，一目了然。拿著它，恍惚間回到讀中學的年代，每個學期初完成繳費手續，註冊組便會在學生證背面表列空格蓋上戳記。那圖章蓋得比你多，就是學長。

可憐，我治療單裡幾個戳記寥若晨星，瞄一眼就知道是故事屋裡新來的小兵丁，不像其他先進，紅藍勳章一排緊接一排，儼然身經百戰的大將軍。

也許，等我多得幾枚勳章之後，肯定能夠寫下更多好聽好看的故事吧！

（原載二〇一五年三月二十二—二十三日《聯合報》副刊）

病人

1

我說，我每天有一堆事要做，三餐都難得安安穩穩的吃過，哪來的美國時間住院？

安排我就醫的朋友卻強調，這回算你幸運，被大車逼下山溝竟能保住性命，才有這樣的機會。人不是鐵打的，能在醫院休養幾天有什麼不好？何況住進醫院，局裡照付你薪水，分文不少；我們保險公司負擔全部住院費用外，每天還付你兩千塊錢。既有額外的錢拿，又好幾天不必聽你局裡的主管吆喝，舒舒服服躺在床上睡大頭覺、看小說，你說天底下有什麼地方能找到這種好事？

我想了想，確實沒有！不過醫生剛剛不是說，除了皮肉傷，沒有骨折現象，頭部是否腦震盪繼續觀察就行了，不一定得住院。

唉！唉！唉！朋友不停地搖頭嘆氣，猛一揮手，差點巴到我腦袋瓜。

看你這個人頂聰明靈光，沒想到頭殼控固力，用挖土機都開不了竅。你要弄清楚，我可是動用了多少關係，人家才肯收你住院。

我是擔心人躺在醫院裡，難免有同事親友來探視，問我究竟怎麼啦？我真不知道怎麼回答呢？

這個簡單！我教你。你只要說醫師初步研判可能腦震盪，需要住院觀察並做進一步檢查。如果有人問你哪裡不舒服，你就說渾身都不對勁，每根骨頭似乎全被拆散了，一旦站起來即頭重腳輕，天旋地轉，上個廁所必須扶著牆壁走路。

還有還有，記得提醒對方，不管開口說話或聽別人講話，多說兩句或對方音量稍大，腦袋立刻像遭人塞進一顆手榴彈，瞬間在裡頭炸了開來。任何人聽了，肯定不好意思囉嗦下去。

這傢伙不愧是老練的保險業務員，凡事有備而來。他不但幫我準備全套的應對說詞，還從手提包裡拿出一個牛皮紙袋給我。小聲交代說，裡面是維他命，服藥時拿它掉包，然後把該服用的藥按劑量丟進紙袋，我來的時候會帶走。

就這樣，我被安排在醫院一間兩人住的病房。

2

鄰床躺著一位老先生，瘦骨嶙峋，兩顆眼珠子不見神采卻非常突出，好像刻意要跟自己的鼻頭比個高低。我擔心的是，老人家萬一使勁咳嗽，那眼珠子極可能蹦出來。

有條氧氣管子隨時掛在他鼻孔下方，用到它時，他喜歡把氧氣調到最大，聽來簡直是早年村子裡那個賣麵茶的攤車，把生意做到醫院病房來，咻——咻——咻——號個不停。

老先生告訴我，醫生交代他只要覺得胸口悶，吸吸氧氣肯定舒服。

常在病房陪伴老先生的是他太太。老夫妻年紀相仿，大概這輩子把該說的體己話早說完了，得空便用來鬥嘴。在我住進病房的頭一個小時，兩人爭論的話題是，老太太認為女兒不孝，女婿還要加個更字。

老太太說，天底下哪有老丈人住院一個多星期了，當女婿的連個人影都看不到。兩個年輕人嘴巴說上班忙下班累，我每次回家換洗衣物，卻看到他們輪流跟朋友窩在牌桌上，說什麼來的是辦公室有頭有臉的長官，想陪長官打牌通常得看人家賞不賞臉。我看那些個癟三相的老菸槍，哪有什麼長官架勢？哼，照我看來，長瘡還差不多。

這方面老先生並不認同，他要太太甭管太多。勸她說，女兒嫁出去就是別人家的，懂得每天拎個點心來，已經很貼心了。再說，他們婚後肯接納我們兩個老人一起住，真的不容易，別嫌東嫌西了。

老先生這番話無異火上加油，讓老太太聽了更加生氣，彷彿她那個女婿正站在病房外面，先是伸直手臂朝著病房門口指指點點，轉過頭則對著老伴嘶吼。哼，你這個老痴呆，要不是大家早在婚前嗆明白，現場有人證，你真以為他們心甘情願？

到了下午，老太太前腳離開，很快便有個打扮時髦的年輕小姐拎了點心來探視，老先生露出笑容向我介紹他這個獨生女。父女倆輕聲細語的交談，避口不提女婿。到末了，還是女兒主動說道，她那個尪不敢來，主要怕媽媽當場給難堪。平常在家裡碰頭，媽媽從來不曾給人好臉色。

看到老爸直點頭，女兒繼續說，媽媽回家洗完衣服就跑出去喝酒，總是醉言醉語的被小吃店老闆送回來，街坊鄰居背後指指點點，說那是某某人的老媽，某某人的丈母娘，實在很沒面子。

3

我住院第二天，晚餐都吃過了，老先生還沒看到女兒來，一問，老太太立刻變臉。她說，人家不來，你偏想！我天天沒日沒夜的服侍你，你不但不知感激，還裝做沒看見。哼，我不如回家算了！

老先生賭氣地回嘴，妳高興回去就回去呀！免得心不甘情不願的窩在這裡，像個討債的。

老太太個兒小，大概受耳朵重聽影響，說起話來嗓門特大，更喜歡叨個不停。兩老經常雞同鴨講，各說各的吵上半天。只有醫生查房，護理人員送藥打針，戰火才會暫時停歇。

每當雙方交戰，我的因應之道是把自己埋頭到小說的情節裡，或者掏出筆記本瞎寫胡畫，免得跟著抓狂。平心而論，老先生畢竟走過大江南北，見過世面，通常只要老太太離開病房，不管是臨時去添個開水或是去買餐飲，經過一番爭吵已顯得有氣無力的他，仍不忘朝我點點頭或招手致意。

當天夜裡，老太太拎著一包洗曬乾淨的衣物回到病房，這回沒聽到老先生吭氣。等老伴在陪伴床睡著了，他才翻個身，摀住嘴咳了幾聲。垂掛一旁的氧氣軟管，不停地發出嘶嘶聲響，但怎麼也沒有兩個老人的鼾聲響亮。

老夫妻吵歸吵，依我看來他倆畢竟還有情分在。過了一個夜晚，老太太仍然起個大早去買早餐，臨走也不忘問老伴想吃什麼？老先生這邊，看得出來前一天的怒氣尚未完全消散，似乎有意找碴的挑個附近買不到的家鄉口味。老太太卻親切的回應，那你要多等一會，我搭公車去買。

在我住進醫院前幾天，颱風豪雨橫掃中南部，青菜魚肉統統漲價。老太太照樣在中午出去找餐館，煎了活魚又炒了兩樣青菜回來。老先生板著臉說，沒個湯乾巴巴地，怎麼吃？老太太二話不說，調頭出去買了一碗蛤蜊湯。

午覺起來，兩個老人沒說上幾句話，就像學校和軍隊照表操課那種規律，又吵得難分難解。這回，老太太沒有離開病房，只見她把心一橫，從櫃子裡摸出一瓶酒咕嚕咕嚕的灌下肚，喝完甕聲甕氣地說了一大串沒有人能聽得懂的話語，才倒頭睡下。這一睡幾個小時，連晚餐也省了。老先生無奈地擺起他的麵茶攤車，咻——咻——號個不停。

4

老太太半夜醒來，看到老先生的病床空著，來不及找到拖鞋，即光著腳丫四處找人。回頭發現沒亮燈的廁所裡似乎有點動靜，探頭瞧見老伴坐在馬桶上，大概雙方眼神都沒來得及交集，老太太便躺回床上蒙起被子，一覺睡到天亮。

女兒清晨七點多拎著早餐來，媽媽沒好氣地說，怕我餓死你老爸呀！女兒應得快，我怎麼知道我老媽會醉到什麼時候才醒過來？

然後，女兒盯著老爸把早點吃了。媽媽那一份動都沒動的擱著，人則失去蹤影。病房裡的戲文，就這麼一齣接一齣不停地搬演。

醫生查房時，問我頭還暈不暈？食欲如何？還會不會想嘔吐？我只能照著朋友的叮囑，宛如學童背誦課文那樣回答。醫生翻了翻病歷告訴我，所有檢查結果都正常，可以辦出院了。

朋友幫我辦出院，拿走我的診斷證明書和收據時，還不忘把床頭几抽屜裡那個牛皮紙袋，一起塞進他的手提包。他說，公司會直接寄支票到你家，現在我們趕快離開醫院！這裡到處是病人，很容易被傳染。

我笑著說，恐怕不單醫院裡到處是病人，依我看，我們耳目所及的各個角落都有人生病，所不同的是病情顯隱輕重有別。連我這個手腳些微擦傷，渾身好端端的，不就被你弄成病人。嘿，我看你也是，你這裡早就病得不輕吔！

我邊說邊用手指頭朝他的腦袋點了點。

他無奈的搖晃著腦袋，似乎想甩掉我給他的病人封號，然後吐了一口氣說道，唉呀！人生苦短，哪個人不想多掙點錢過好日子？人在江湖，拜託你別那麼認真行不行？我們沒去偷沒去搶，不過是把過去繳的保險費要一些回來，有錢進口袋，當當病人、當當瘋子，又有什麼關係嘛！

這回換朋友笑著拍拍我肩膀。

此刻我才發現，他的笑容跟不少人一樣，帶有幾分邪氣。如同我平日接觸到的某些人，無論開口說話或展露笑容，原本平整的唇線和嘴角，瞬間會偏一邊歪斜，他們卻堅信自己沒病沒恙。

（原載二〇一三年九月一日《自由時報》副刊）

樹下的男人

■男人甲

以前的人，在公園裡種榕樹、樟樹、大王椰、九芎，還有茄冬之類的樹。現代人比較講究，不但栽種開很多花的山櫻、杜鵑、洋紫荊、阿勃勒，還要找能夠跟隨季節更換不同衣裳的落羽松、楓樹、台灣欒樹。

公園裡的座椅，也不再是單調且不耐用的鐵條椅、塑膠椅，會同時施設一種長條形的原木椅，甚至用兩張椅子間夾桌子，讓人坐著看書或享用點心，很像好萊塢電影裡常出現在自家庭院的野餐桌椅，能夠擺一大堆食物和飲料的那一種。

略顯笨拙的連體桌椅，木板足足一寸多厚，也只有這種木料厚重、紋理粗糙的桌椅，不怕風吹雨淋日曬，更不必怎麼擦拭就適合牛仔褲隨時坐上去磨蹭。在天高地闊的公園裡，坐得穩穩當當。

他居住的城鎮，在運動公園外環路邊草坪就有這種原木長條桌椅，分布在幾棵落羽松的樹蔭底下。有了高大粗壯的落羽松襯托，竟然使得這些原木桌椅看來不再那麼笨拙。

暮春的落羽松正當枝葉勃發，逐漸由嫩綠轉為深綠，太陽再怎麼費勁，都不容易穿透它們，想灑下多少碎金碎銀到桌椅，得靠清風大力幫忙。

經過外環路的車輛多，隨時傳來引擎急速運轉聲響。午後的輕風不時掃過樹梢，彷彿拉動琴弦，一而再地試圖與疾駛的車輛一起吟唱應和。

坐在椅子上的他，皮膚曬得黝黑。黑白間雜的頭髮在膚色比對下特別搶眼，尤其是臉頰那兩撮白色鬢角。

這個男人穿著灰色細條紋上衣，褲子顏色略為深沉，若是仔細瞧還是能夠分辨出一些條紋。當他把右腳的鞋子脫掉，屈膝踩上椅子，我才發現他穿的襪子也是灰色的，只在襪筒外側綴有幾粒暗紅色圓點。

這樣的坐姿，不像個上班族，倒像早年鄉下人窩在木板曠床賭四色牌的姿勢。他們習慣把準備輸出去或是剛贏進來的錢，踩在腳丫子底下。

他背靠原木桌子，面向草地外沿。那個方向隔著一條水圳便是一片起起伏伏的菜園。菜圃依地勢闢設，雜亂無章。種菜之外還種香蕉和竹筍。有個角落架起棚子種絲瓜，探出瓜棚頂上的豔黃花朵，正是整片田野最亮眼的星星。

我在距離那個男人不遠的另一組桌椅坐下時，他照舊文風不動。隔一陣子，我窸窸窣窣地從揹袋裡掏出小說閱讀，也不曾驚動到他。

前後兩個多小時，沒聽到那個男人吹口哨或哼歌曲，甚至嘆口氣，他前前後後只顧吸菸，也好在有那裊裊輕煙騰升，才不至於被誤認是一尊雕像。我猜不出他在想些什麼，有陣子風向偏轉，我擔心被他吐出的煙霧熏到，悄悄把位置往另一頭挪移，甚至把手上的小說換成筆記簿，對著他灰沉的側身畫起速寫。這男人沒有改變過姿勢，可能不知道有我這個人存在。

我猜想，如果他是個商人，一定在盤算那一批退回來的貨該如何脫手。如果他是個職場上苦幹實幹的員工，一定在推敲主管為何偏偏拿他當祭品。如果他曾經是個富裕的男人，一定在懊悔那些經歷的荒唐歲月……。

或許，我什麼也沒猜對。這個樹下的男人，只是前一天夜裡打麻將輸了錢，和太太吵架後跑出來散散心。甚至是機車騎累了，本來想歇會兒，卻被樹下的清涼所吸引，多坐一些時刻。

水圳對岸菜圃裡的三、四個農人，歇下手邊農作，站在一叢香蕉樹下喝水交談。看著他們擦汗搧涼，偶爾傳來笑聲，卻始終聽不清楚他們談些什麼。

而樹下的男人已經把香菸盒捏成一團，嘴上的菸也熄掉了。留在地面的那些菸蒂，被踩得扁扁的，空氣裡則持續飄蕩著淡淡的菸味。

直到他發動機車離去時，才被機車引擎所噴出的汽油味所取代。

■男人乙

以前，有錢有勢的鄉下人喜歡隨時叼根菸，目的是讓人能夠看到他嘴裡剛鑲好不久的金牙；一些窮鄉下人，偶爾也會裝模作樣地擺個架勢，一截早已熄了火的菸屁股，照樣夾在泛黃的指頭間，久久捨不得丟掉。

而現代人真的不一樣，枕邊人討厭另一半抽菸也就罷了，連兒子女兒都把老爸視同吸毒犯。先是捏著鼻子東閃西躲，後來乾脆拿起課本當扇子，當著面猛扇。長大一些，更直截了當地把老人家請到戶外。

好在住家附近就是運動公園，發動機車拐兩個彎就行了。否則，待在院子裡被鄰居瞧見，還以為這個男主人跟老婆吵架，竟被趕到屋外罰站示眾。

機車進了公園，我習慣性地找個少有人跡的角落，挑一組原木桌椅，繼續過我的菸癮。一邊椅子能坐三個人，兩邊足足可坐上六個人。白天逛公園最大好處是人不多，任何人獨占一組桌椅並不希奇，吞雲吐霧時甚至弓起一條腿，也礙不了誰。

今天倒是難得出現零星遊客，有個揹背包騎著腳踏車的男人，把車子斜倚樹幹，占用附近一組桌椅。沒看他抽菸，如果我是他，一定會把背包充當枕頭，躺在長條椅上睡個痛快。

但這個男人只是坐在那兒東張西望，似乎很認真地看風景。然後窸窸窣窣地從揹袋裡掏出一本書冊翻閱好一陣子，接著又換了一本簿子塗塗寫寫，邊寫還邊用左手手掌遮遮掩掩，像小學童怕人家嫌他字醜，摀住不給看。

我猜想，他翻閱的如果不是「股市秘笈」，大概也是「樂透神算寶典」之類，因為不想讓辦公室同事或家人瞧見，才一個人跑到公園裡來。

其實有什麼關係，就像我愛抽菸一樣，不過是一種癖好吧！何況我一直把臉朝公園外側、背靠著桌子，縱使他過來與我圍坐同一組桌椅，把書籍和簿本攤開桌面上，我的後腦勺又沒長眼睛可偷看。唉，現代人動輒強調隱私，真是見鬼的小心眼。

人家說「十個禿子九個發」，這個頭頂發亮的男人雖然沒擺出有錢人的派頭，但至少應當是個曾經把生意做得不錯的商人，或是個公司主管。可憐，這年頭景氣一天不如一天，大多數的人恐怕想都沒想過，自己會在一夕之間崩盤。

我不曾想過，像我這種一輩子沒發過財的窮人，也有這麼一天，能夠和其他人平起平坐。弄不好我保有這輛騎了十幾年的機車，都能令身邊這男人羨慕半天呢！唉，天涯多的是淪落人，誰管誰過去是否輝煌。

這個男人衣著並不邋遢，也許真的是個股票族吧，否則哪有那麼多帳好算計，在厚厚一本簿子裡寫個不停。如果，他不是個股票族或彩券族，那極可能是個遭女人背棄的男人吧！真是這樣，可憐呀，看來他的處境比我這個被趕到外頭抽菸的人還淒慘。

難不成我什麼也沒猜對，而他只是腳踏車騎累了，本來想歇會兒，卻被樹下的清涼所吸引，多坐了一些時刻。可他在樹下寫個不停，究竟寫些什麼呢？

嘿，可不是寫什麼訣別信之類的遺書吧！他已經足足寫了幾十分鐘，該不是交代些什麼吧！否則，哪有人寫字要寫這麼久，而且不吹口哨，也不哼歌曲的。

唉，我想還是不要驚擾他，任何稍具尊嚴的男人，都不希望其他人瞧見他傷心模樣。

當我抽完口袋裡僅剩的大半包菸，樹下這個男人好像寫上興頭，仍繼續寫個不停。這種情形倒使我放心不少，應該沒有任何急於尋死的人，能那麼鎮定地寫上一兩個小時的遺書。

為了這個男人，我已經把太太和孩子限制的菸量抽過頭了。想想，我還是早點發動機車離開吧！

（原載二〇一六年三月二十七日《自由時報》副刊）

褲底全藏鬼

1

沙埔仔兩個村一兩百戶人家，不分大人小孩，統統認得那一頭鬈髮、滿臉兜腮鬍的獨居老人——樹叢伯仔。

就算外地人不認識他，一旦迎面遇上，留下印象往往像被燒紅的鐵杵烙到，莫不以為自己撞見剛從戲台開溜，而未及卸妝的張飛。

如果當時天色陰暗或霧氣瀰漫，更可能認為自己差點撞到一棵樹，一棵樹頂築了鳥巢，還遭許多藤蔓巴住的老樹。

因此無論誰，單看樹叢伯仔一眼，肯定一輩子忘不掉。不少村人提及老人家，總會忍不住朝自己頭殼抓扒，外加一句：「嘻，溪邊種菜那個老番顛。」

若進一步追問，答案通常是：「讀冊人說，人如其名。一個人既然叫樹叢、樹仔叢，誰有本事教一叢樹仔說說笑笑呢？」

好在大家了解，這孤單老人從年輕一路吃苦，幾十年過去勉強存點棺材本，平日酒捨不得喝，菸捨不得抽，光吞吐空氣，當然欠缺旺盛精神去轉動腦筋，去經營人際關係。

「不過，老人家多少有進步啦！」村長為樹叢伯仔辯白：「近幾年每隔一段時間，會到我雜貨店帶兩瓶紅露酒，上街秤些粗糙的茶葉梗子，替代先前喝的青草茶。」

平日裡，大家由早到晚都瞧見樹叢伯仔茶壺不離手，把一碗又一碗地茶水灌進肚子。早些年，全是溪邊採青草熬煮的茶汁，結果喝得渾身青黃青黃，像透喪家做法事時吊掛在條幅上的鬼差使，牛頭馬面，只差頭頂沒冒尖角，嘴裡少了獠牙。任何人打老遠看他迎面走來，都要設法拐個彎或蹲下來假裝幫腳丫子抓癢，好避開他。

誰都沒料到，從他改喝漂浮茶葉梗子的茶水，偶爾配點花生、蠶豆酥、蔴荖仔之後，竟然讓他喝出好氣色。

「唉，真是天公疼戇人哩！」更何況老人家身上奇怪事兒多著，當然不止這一樁。

溪對岸有個叫阿才的年輕人，某天抄近路走堤防上街購物，膝關節尚未運轉順當，即被一聲突然響起的驚雷劈掉半條命，左手臂下半截猶如剛從醬油缸抽出來。不時抖呀抖個不停，像要抖掉沾滿半截手臂的黑褐色醬汁。

村中長輩教導孩子，不准忤逆父母，否則雷公會拿大錘敲你腦袋。而這回遭雷公修理的阿才，卻是有名的孝子。學童問老師，雷公怎麼那麼糊塗？老師說，溪邊堤防高出田野很多，雷公生氣時往地面探頭找目標投擲電光石火，阿才正好走在高高的堤防上，離祂最近，自然首當其衝。

道理大家多少懂一些，可怪是，同樣道理安在樹叢伯仔身上便失靈。他跟雷公彷彿換帖兄弟，不管颱風下雨雷吼閃電，他照樣把堤防充作自家走廊。

有時候，似乎連天氣都聽他老人家，每當他取下頸脖上擦拭汗水、雨水的濕毛巾，用力朝自己臉上一抹，原本被雲朵遮住的陽光，竟然很快露臉，伸手敷到他臉上。

2

樹叢伯仔沒有自己土地可供營生，只能撿溪邊一小塊地種幾畦青菜養活自己，多出來就拿去賣錢。

溪河兩側高灘地，大多放任雜草恣意孳生，老人家在荒野地墾拓出綠意盎然的菜圃，需要投注加倍力氣。尤其秋冬季節，老天爺常在一夕之間變臉，稀哩嘩啦一場大雨或夾帶山洪沖下滾滾濁流，馬上把辛苦翻土播種、施肥呵護的園圃一筆勾銷，遍地糊滿爛泥和垃圾。

要說老天爺沒長眼珠子，說老天爺專門欺侮窮赤人，都沒錯。但樹叢伯仔從不怨天尤人。他說：「一輩子該怨恨的事情太多，冤仇要是記到天公頭上，哪能活得下去！」

老人家雖然很少展露笑臉，卻也沒見過他生氣罵人。因此他這大半輩子，不管往哪兒走，明的暗的，遠的近的，都有一大群孩子尾隨他，像母雞帶小雞。

縱使他農作累了，拖隻藤椅到屋前茄冬樹下納涼打盹，也有小蘿蔔頭活蹦亂跳地在門口遊戲，深怕樹叢伯仔一旦走開去沒跟上，很可能錯過什麼好玩的。

這裡指明的暗的遠的近的，除了區隔白天黑夜，另一層意思是包括村人看得見和看不見的部分。

白天繞著樹叢伯仔身邊打轉轉，當然是村裡不必上學或上半天課的孩子。至於夜晚換班，雖說同屬稚齡孩童，卻已不在人世，包括滿地滾滿地爬的棄嬰，以及會走會跑會說會笑而沒能持續養活長大的幼童。

一般說法，鄉野間整群無家可歸的小小魂魄，正好把樹叢伯仔一頭濃密鬈髮，充當躲避風雨的窩巢。

老一輩村人，不知道打哪兒傳承來智慧，一致認定天生鬈髮者不但聰明、點子多，個性特別搞怪。若是不信，索求證據，對方便告訴你：

「嘿，請你注意那個長相像非洲鬈毛番的樹叢伯仔！」

另外一些人，看樹叢伯仔極少主動與人交談，農作家事竟然做得有條有理且精準靈巧，心裡難免醋味，開口閉口總是酸溜溜地嚷道：「那個鬈毛番仔，絕對一頭殼全鬼。」

這些話可真說對了。於是村人嘴邊的「鬈毛番仔一頭殼全藏鬼」，說著傳著自然演變成「樹叢伯仔頭殼頂養了一群小鬼」。

老人家聽到這些話，從來不生氣也不回應，真真假假任由人去說。其實，說話者私底下另有一層用意，主要拿它嚇唬嚇唬自家小孩，希望孩子們不要成天纏繞怪老頭子身邊，應該乖乖待在家裡讀書寫字。

天地間太多解不開的謎題，由於成年人奸巧又世故，鬼神總是盡量迴避，令人窺探不出玄妙。但透過孩子們未經世故的童真眼瞳，卻能夠一覽無遺。

所以，孩子們對樹叢伯仔鬈髮裡任何動靜，早已一目了然，並不害怕，甚至與鬼神交朋友玩一塊兒，絲毫不覺稀奇。

3

懷疑樹叢伯仔養小鬼的村人，雖然不曾目睹卻都說自己掌握明確事證。

具體證據是——樹叢伯仔不再到溪裡游泳。

老人家尚未禿頭以前，喜歡到溪裡泅水兼洗澡，且泅水姿勢怪異。他把頭抬得高出水面，遠看像顆長滿青苔、趴滿金寶螺的瓢瓜，漂過來蕩過去。靠近細瞧，才發現浮出水面並非瓢瓜，而是一頭鬖毛水怪，故意露出腦袋嚇人。

等他鬖髮逐漸稀疏，接近禿亮後，再沒看到他下水游泳。照說光頭游泳或潛水抓魚，更為方便呀！為什麼不游呢！

為什麼？這個大問號，好比豬肉攤勾住大條里肌肉或幾串內臟的鐵鉤子，同時勾住村裡很多人腦袋。左思右想，總想不明白。

某一天，窩在鄉公所員工腳踏車棚底下作白日夢的阿接哥，突然擺起乩童架勢，歪來扭去地跨步蛇行，逢人便聲稱他知道樹叢伯仔為什麼不再泡溪水，只差手上沒拎面銅鑼沿路敲。

「為什麼？到底為什麼，你說啊？」

「哈，因為樹叢伯仔頭頂少掉那一窩鬈髮，整群小鬼無處躲藏，只好讓小鬼們學軍隊移防，將紮營地點遷移到他褲襠裡了。」

「怎麼，還不明白？」阿接哥把雙手摀住胯下說：「嘿，小鬼們藏在樹叢伯仔褲底，如果他下半身浸泡溪水，豈不把整群小鬼淹死，全變成水鬼了。」

另外還有一個強而有力的證據是——老人家從不踏進廟門。

樹叢伯仔和廟公從小鄰居，兩個人正是村人所說「司公仔聖杯」、「褲頭相打結」，誰也離不開誰。最讓人奇怪是，樹叢伯仔向來不曾踏進廟門一步。每次找廟公，先探個頭，站在正門口香爐邊，朝廟裡王公合十膜拜，不燒香不備牲醴，倒常拎來菜園長出的香蕉、木瓜。

兩個老友見面說話，習慣一個站廟門裡頭，一個站廟門外，划酒拳般的比手畫腳，中間隔一片原木門檻，門檻高不及膝，兩個人卻像隔著一道無法翻越的城牆。

兩人用如此奇特方式交談，教緊貼門扇肅立的門神哥倆，覺得好笑卻必須拚命憋住氣，避免門扇被震動。

一般人知道神鬼分處陰陽兩界，樹叢伯仔當然明白自己不宜帶著小鬼們，踏進王公坐鎮的殿堂。

早在大家不清楚樹叢伯仔身上藏小鬼之前，村人不免胡亂瞎猜。有人說，老人家嫌自己身上沾染汙泥又散發汗臭，對神明不敬；也有人說，搞不好樹叢伯仔外觀像男人，私底下是女人，女人每個月某些天絕對不能跨進廟門，如果生理期紊亂，經常滴滴答答，更麻煩。

此話一出，大家最直接的反應，是趕緊把手掌虎口箍住下巴頦，甚至捂住肚子，笑得東倒西歪。

不相信樹叢伯仔養小鬼的人，總要提出反駁。他們認為，老人家若是真養小鬼，大可驅使那些小鬼幫他做壞事，弄進大筆錢財掖著慢慢花用，不至於孤單落魄大半輩子。因為鄉野傳說中，會養小鬼絕大多數出於歹念，不是覬覦他人錢財便是算計親族田產。大凡自己不宜露臉場合，即暗中差遣小鬼使壞。

形同現代社會諸多幫派，竊盜、詐騙等集團，首腦人物豢養一批嘍囉充當爪牙，自己躲幕後數鈔票收珠寶。

村人當然不相信樹叢伯仔是這樣的人。老人家十幾歲開始在人工屠宰場宰殺豬隻，非常嫌棄自己每天所作所為，逢人便訴苦，他一年透冬浸泡在血淋淋的房間，血腥味鑽進每個毛孔再摻雜汗水冒出皮膚，縱算瞎掉眼睛的鬼，也能用鼻孔嗅出他渾身腥臭，哪敢靠過來。連鬼都嫌，何況是其他人。

到三十來歲，人工屠宰場由電動屠宰場取代，他終於可以放下屠刀卻同時丟了飯碗，幸好有個肉販介紹他到山區林場做工。他原以為下半輩子無需再面對血腥場面，萬萬想不到進入深山老林當伐木工人，照樣離不開刀鋸。眼看被他逐一砍倒的紅檜扁柏，比自己好幾代老祖宗還高壽，迫使他手腳發軟不得不找機會溜下山。

類似樹叢伯仔這種青壯歲月天天舞弄屠刀斧鋸的，想為非作歹，無論明槍暗箭皆遊刃有餘，根本不必假手他人，何須偷偷摸摸養小鬼。

再說老人家住的木屋低矮狹窄，勉強遮風避雨，出門幾步路便踏在別人田地，萬一小鬼們蹦出門外嚇人，恐怕連他自身都會被趕出村子。

那麼事實真相究竟如何呢？

5

樹叢伯仔很想向村人坦白，說別人養小鬼可能唆使它們去做壞事，讓人認為他本事高強，而他收容小鬼，只是可憐它們無處去，讓它們陪他這沒妻小的羅漢腳，吃飯睡覺拉屎尿尿，聽他訴訴苦說說笑話。

如果說，他提供住處，日夜陪伴小鬼們算一件功德，不如反過來說，是小鬼們幫他這個過去專門殺生的老人，減輕一點罪孽。

老人家心底明白，大家平日接觸的只算半個他，另外半個他，早當了鬼神的朋友，卻少有人看得清楚。

他很多做法想法，王公廟廟公最了解。除開廟公這種值得人們信賴的身分，外加兩人從小玩一起所釀造的情誼，更足以令彼此交心。

廟公曾經婉轉勸老朋友：「鬈毛仔，人多的地方陽氣旺，妖精鬼怪不敢靠近，你老蹲在堤下溪邊缺少人氣角落，當然容易招鬼怪魑魅纏身。因此人鬼要保持相安無事，應該劃出界線。有空不妨常來廟附近走動，不然去村長雜貨店跟別人聊聊也不錯。」

這番話，樹叢伯仔多少聽進一些。他除了繼續讓整群小鬼窩藏鬈髮裡，頭頂還找個哪吒三太子，威風凜凜的站在頭上。老人家把神鬼供一塊兒，廟公知道時已經來不及阻止，心底難免不安。

樹叢伯仔從什麼地方找來三太子，廟公倒是很清楚。村裡卻少有人明白，大人小孩都想了解真相。

故事得回到彩券迷四處求明牌的年代說起。

那個差點成為全民運動的年代，許多迷哥迷姐迷公迷婆禁不起一再槓龜，輸光菜金輸光積蓄再輸光全部家產後，不怪自己沉迷賭博肯定淪落為衰尾道人，而將責任統統推向神明頭上，認為神明瞎猜胡亂報明牌害慘了他。

結果，不是放把火燒了木雕神像，便是倒拎著神像丟進溪河。

某天傍晚，天色陰沉沉。樹叢伯仔抄近路走堤防回家，發現堤防下一堆焚燒後的餘燼，奄奄一息地冒出輕煙，心想沒年沒節不該有人跑來烤肉，或許是附近鄉公所、鄉農會工友燒掉一些不宜外流的文件及淘汰的器物吧！

他告訴自己，反正這荒野溪邊，小小火堆不至於延燒誰家作物或房舍，任它燒個盡興吧！隨即加快腳步繼續前行。

深夜大雨滂沱，直到天亮才勉強和太陽換班。樹叢伯仔由睡眼惺忪的朝陽陪伴，扛著鋤頭去菜圃。經過昨天堤下燒東西的路段，特地多瞧一眼。

嚇，這一看，彷彿連初升的太陽，田野的鳥雀，草尖上的風，攏總驚醒過來。

「唉呀，燒什麼鬼怪啊！整暝大雨把溪水都抬高好幾寸，遍地濕漉漉布滿水窟仔，竟然沒把它澆熄，還能繼續冒煙哩！」

樹叢伯仔朝著那堆餘燼自言自語之後，走下堤防邊坡，蹲在冒煙的餘燼旁邊，睜大眼睛仔細瞧：「哦，難不成燒了黃金、鑽石，怎麼會閃著亮光？」

老人家順手撿根竹枝，撥弄閃爍亮光的物體。他對鬼神認知頗具常識，立即辨認出類似鉛筆的一根小木棒：「咦，這不就是三太子手上的火尖槍嗎？」

早年神像除了少數經過翻模鐵鑄銅鑄，勉強耐燒，其他泥塑、木雕神像，一旦落入火神手中，終歸灰飛煙滅。但三太子天天腳踏風火輪耍特技，這回竟然過不了野地一堆小小火焰山，真教樹叢伯仔有點錯愕。

於是，老人家捧住燒剩半截的火尖槍跑到王公廟，照例站門檻外石獅旁跟廟公說話，他希望廟裡能收容落難的三太子。

廟公雙掌擱在胸前，擺出隨時準備關閉門扇的架勢說：「鬈毛仔，現在大家瘋六合彩，你吃飽閒著，沿堤防往下游多走一段路，就會了解我們王公廟如果要收容落難神明，恐怕再蓋三座廟五座廟也擠不下呀！」

接著，廟公塞給樹叢伯仔一束香和一疊金紙，請他趕緊回堤防邊把那半截火尖槍送還三太子，免得祂提著少掉半截的火尖槍，失去威風。

6

樹叢伯仔明白廟公有其難處，立刻調頭折返溪邊，照老朋友說的話做。

但就在半截槍尖投進餘燼堆瞬間，火焰旋即騰起尺來高，半截槍尖猛然被騰升火焰彈跳開去，翻滾一圈便插進樹叢伯仔身旁泥地。

老人家雙手合十，口中唸唸有詞，將王公廟無法收容的苦衷仔細稟明，再次恭敬地捧起火尖槍擱上火堆。

這回，槍尖在火焰尖鋒飄浮跳動好一陣子，才消融匿跡。

樹叢伯仔眼睜睜看著如此奇特景象，彷彿瞧見三太子踩在火焰頂尖，不停地朝他叩頭道謝。他強行克制自己起伏的心緒，終究不免瞬間沸騰，禁不住老淚縱橫地對準騰升的火焰，大聲叫嚷——

「太子爺，太子爺，你要不嫌棄，今後就住我頭殼頂吧！反正我頭上已經住了一群小鬼，可以供你使喚。」

經樹叢伯仔幾句話一喊，火堆似乎受到驚嚇，火舌馬上收斂。老人家抬起頭，透過淚光映照的影像中，果真看到三太子高高地站他頭頂上，嘴角上揚，笑瞇瞇地。帶幾分西洋童話書裡尿尿小童的調皮神情，一手提著火尖槍，一手作勢掀開織錦披風下襬。看樣子早已準備隨時拉開褲鍊，去澆熄餘燼堆僅剩的幾縷輕煙。

說實在，三太子既然擅長斬妖除魔，制伏樹叢伯仔頭上那些小鬼，等於掐死幾隻跳蚤蝨子，易如反掌。但神畢竟比人聰明，祂了解當真所有鬼怪被掃蕩一空，周圍不見鬼怪妖魔蹤影，恐怕再厲害的神也無用武之地，人家供奉神祇豈不白白糟蹋香火？祂當然不能逞一時之快，這是全世界共通的一個理呀！

人間事一環扣一環，人神鬼三者之間何嘗不是。養小鬼又不屬哪個人專利，三太子閒著沒事撿現成養幾個消遣有何不可，何況不用養在自己身上。

廟公問過樹叢伯仔：「鬈毛仔，你發善心養小鬼，竟然請三太子擔任監獄典獄長，你教那些小鬼怎麼輪迴投胎？」

廟公想法是，一個人既然同情小鬼無處棲身收容它們，卻又找個憲兵在頭頂站崗監視。如此神鬼交鋒，敵對雙方天天大眼瞪小眼，隨時可能展開慘烈廝殺，以鬈毛仔半精明半糊塗的腦袋瓜，和日趨衰老的身軀，哪來本事擺平亂局？

但樹叢伯仔自有主張。他認為小鬼輪迴投胎並非個個如願，縱使再世為人，不少人生活處境反而比不上前世當孤魂野鬼幸福。倒不如維持現今，大夥兒處境相同，鬼鬼平等，跟阿兵哥一樣睡大通鋪，說說笑笑同甘共苦，沒有什麼不好呀！

他告訴廟公：「我已經請三太子擔任小鬼們的糾察隊長兼輔導老師，遇到小鬼瘋癲過頭，自有火尖槍伺候。至於小鬼投胎問題，三太子跟我想法同款，大家都活在民主社會嘛，誰也不用簽到簽退，隨時皆可自由來去。」

小鬼居住樹叢伯仔頭髮間，有三太子隨時盯牢，確實比過去安分。奈何小鬼就是小鬼，暗地裡不免蠢蠢欲動，連三太子耍威風耍累了忍不住打個盹，都曉得利用。三三兩兩躲進某個角落哼唱歌曲，甚至張牙舞爪比畫身手。可當真鬧得太凶，樹叢伯仔自會出動五爪千歲，左右開弓地往頭上剿鬼平亂。

老人家認為，吵歸吵鬧歸鬧，形同子孫滿堂的大家庭，遠比他孤伶伶過日子，好太多了呀！

7

人家都說小鬼為了來無影去無蹤地隱匿行跡，個個有嘴沒尻川，不隨便留下跡證。所以儘管樹叢伯仔頭頂長年住一窩，並未帶給他清理排泄物的困擾。

如今多了三太子這個新住戶，外表長相人模人樣，理應有人類吃喝拉撒各種需求。祂內急時究竟怎麼上廁所？不免令樹叢伯仔操心，尤其每當自己端個大碗公用餐時刻，心裡更是七上八下。

縱算不是吃飯時間，走在路上正巧與村人擦身而過，或到雜貨店買油鹽醬醋之際，萬一頭頂突然澆下不知是鹹是酸，還是辛辣的騷尿，又該怎麼辦？

老天爺創造萬物，天天忙得不可開交，造出這個缺隻眼睛或手指腳趾，那個多長層油脂或少塊肉，勢所難免，何況疏漏之外，偶爾總有偷懶時刻。對人類算是特別看待，打造得遠比其他生物精緻耐操。給人臉上掘口大嘴巴，不但掌理吃喝填飽肚子，剩下空檔時間，還管說三道四。更難得是大嘴巴底下，附送一具張翕自如的下巴頦。任何吃撐肚腸不想罵人時刻，能夠將嘴巴關閉。若說疏漏，大概某個關卡漏裝了開關，所以每當樹叢伯仔抬起頭，擔心三太子會撒泡尿時，往往忘記收攏下巴頦。

於是樹叢伯仔不斷提醒自己，沒事兒閉緊兩片嘴唇，叩緊上下排牙齒。後來發現人家三太子從小養成良好衛生習慣，遇有需要即踩動風火輪找廁所，老人家大可不必擔心天降甘霖施放有機肥料，但隨時收攏下巴頦，則已成為他日常生活一個重要環節。

面對村人很少主動開口攀談，正是此一習性的延伸，讓樹叢伯仔不像村中其他老人，喜歡反反覆覆地張嘴說個不停。

8

樹叢伯仔過了七十歲，頭髮一天比一天稀少。大家擔心的不在於他哪天禿頭，而是擔心他頭頂那些小鬼，將何去何從？

何況等老人家整顆頭殼像光溜溜的氣象雷達罩子，不但小鬼無處棲身，太子爺踩風火輪也得溜滑梯演特技，必須小心翼翼才不致跌跤。

再說村民住宅普遍老舊，屋牆門窗處處露出大小隙縫，一旦小鬼們無處棲身，只能在孔洞之間鑽進鑽出，時時刻刻提防尾隨的火尖槍刺中屁股。紛亂景場，肯定比颱風侵襲還恐怖。

颱風來襲畢竟有時有陣，路徑偏離或過境了就風停雨歇，若放任神鬼胡天胡地鬧開來，不難想見，全村將永無寧日。

有人認為，如此為那群小鬼去處操心有點道理，為哪吒三太子花費心思則大可不必。太子爺一向神通廣大，踩風火輪比現代青少年踩滑板橫衝直闖要高明許多，在光禿頭頂過日子，對祂而言應該不算耍特技。

樹叢伯仔認同這種觀點。因為每次野狗跑到菜園裡撒野，他拚命追攆時難免跌跤翻觔斗，根本顧不了頭頂站個太子爺，好幾次激烈的大顛簸大地震，太子爺始終沒漏氣。反而老人家自己不是跌得四腳朝天，便是跌個狗吃屎，總是尷尬又狼狽地爬起身子，用雙手拍掉身上汙泥。

這時，頭頂上的三太子和小鬼，以及在一旁遊戲的小孩子，都會樂得哈哈大笑。笑這個老人跌得灰頭土臉，耳扇子還帶回禮物，掛著一條番薯藤或一條蚯蚓，當耳墜子。

可見三太子比舞台上騎獨輪車的特技演員厲害千百倍，平衡感絕對屬世間一流。祂不停地前晃後晃左歪右傾擺弄，學那不倒翁，一眨眼便回復正常，露出兩個盈滿笑意的酒渦。

會教老人家寢食難安，乃在於頭髮越掉越多，一天比一天少，等哪天頭頂無所遮掩，小鬼們無處藏身，大概只能迫使它們回復早前拐騙偷盜，四處流竄乞討的日子。

樹叢伯仔日日夜夜地想了好久，實在想不出自己頭殼變成濯濯童山之後，該如何安置小鬼們。

9

老人家特地跑去問廟公，廟公老友掐遍指頭數了又數，嘆聲連連仍找不到好計策。

樹叢伯仔走投無路，幾次涎臉抬頭向太子爺求助，祂總是低下頭用稚氣的大眼珠子，睖瞪著老人家一陣子，不吭不哈。

從太子爺一而再再而三只顧低頭的動作表象看來，祂似乎不太關心，也顯得無奈。這些重複的動作，究竟留下任何明示暗示，大概要靠老人家自己揣摩了。

等村人張眼望去，樹叢伯仔那稀稀疏疏零零落落的髮絲，根本遮掩不住油亮頭皮時，大家才發覺老人家連褲腰都繫不牢了。

整天就看到他不時地把往下滑落的褲子，拚命地朝上提拎，動作滑稽古怪。於是有人猜測老人家這麼做，目的在轉移人們不時盯住他頭頂的視線。

有人問樹叢伯仔，一旦頭髮全掉光，小鬼們究竟會被安頓到什麼地方？樹叢伯仔始終不鬆口。直到某一天廟會大拜拜，老人家高興地多喝了幾口老紅露，禁不住孩子們糾纏追問，才緩緩站起身子，岔開兩條腿，將兩根大拇指插進肚臍兩側褲腰，像過去老把褲子向上提拎那樣，使力往外挪出隙縫，讓肚皮與褲腰之間露出一道黑哩黑籠的深淵。

「噓——那些小兄弟小姐妹習慣白天睡覺晚上遊戲，現在正作大頭夢，你們偷瞄一下下，但嘴巴一定要閉攏，不能出聲音吵醒它們。」

身邊的孩子，立刻變成一頭頭小山羊弓起頸脖，把頭朝老人家褲腰間拱，甚至用力頂著老人家肚臍。可惜所有的孩子，僅僅看到肚皮跟褲襠之間黑糊糊的隙縫。

終究沒哪個孩子，看清楚睡在褲底的小鬼長什麼怪模樣。倒是有孩子擔心，胯下兩側通向褲管，小鬼和小孩睡覺都不老實，很容易從褲管跌落地面，便建議樹叢伯仔不妨學他弟弟，褲底包塊尿布，防止意外發生。

心地柔軟的孩子，更害怕老人家脫下褲子上大號辦大事，一個不小心，小鬼們豈不是統統掉進糞坑或馬桶裡淹死？

有個年紀大些的孩子，看過老人家腰間下方黑窟窿，再抬頭呆望著老人家光禿的頭頂一陣子，然後滿臉困惑地搔搔自己腦袋瓜，自言自語說道：「糾察隊長站那麼高，怎麼曉得褲底的小鬼守不守規矩？」

孩子們群聚一塊，腦袋瓜不停打轉，想到一籮筐問號。例如，是不是每個大人褲底都藏小鬼，所以連小便都遮遮掩掩？要如何區分哪些是好鬼哪些是壞鬼？萬一壞鬼們肚子餓，會不會順手把褲底的小雞雞當雞腿啃，把屁股當紅龜粿？

樹叢伯仔摸摸孩子腦袋說：「任何事情都能找到答案，小孩子練習多動動腦筋，長大後才會比別人聰明。」

以前，村人說樹叢伯仔一頭殼全鬼，鬈毛的最搞怪，果真誰都猜不透他心裡想什麼。到後來，村人說法各自不同。最後結論倒雷同：「哈！那個老番癲，一褲底全藏鬼，恐怕連他自己都不知道在想些什麼？」

鄉下人土直老實，有什麼說什麼，應當不假。

樹叢伯仔早在七十歲之前就將身後事拜託廟公，八十幾歲過世入殮，廟公特別為老人家多穿了好幾條褲子。事後不少人好奇地跑去問廟公，樹叢伯仔究竟穿幾條褲子？為什麼需要穿那麼多條褲子？難不成為了防堵小鬼們鑽出來嚇人？更有人擔心，那麼多條褲子弄不好會把住在褲底的小鬼悶死陪葬哩！

不管問什麼，廟公總是搖搖頭，擺擺手，笑而不答。盡讓大家瞎猜。

至於天天在樹叢伯仔光頭上耍特技的哪吒三太子，是不是跟隨老人家住進陰曹地府？大家同樣找不到答案。

廟公只說，他從宜蘭街買回一頂泥帽擱在樹叢仔胸前，由老朋友自己決定要不要戴到頭上。

（原載二〇一六年九月十一—十二日《自由時報》副刊）

當代名家·吳敏顯作品集1

坐罐仔的人

2017年8月初版　　定價：新臺幣280元

著者	吳敏顯
叢書主編	陳逸華
封面設計	兒日
校對	施亞蒨

出版者	聯經出版事業股份有限公司	總編輯	胡金倫
地址	台北市基隆路一段180號4樓	總經理	陳芝宇
編輯部地址	台北市基隆路一段180號4樓	社長	羅國俊
叢書主編電話	(02)87876242轉224	發行人	林載爵
台北聯經書房	台北市新生南路三段94號		
電話	(02)23620308		
台中分公司	台中市北區崇德路一段198號		
暨門市電話	(04)22312023		
台中電子信箱	e-mail：linking2@ms42.hinet.net		
郵政劃撥帳戶第0100559-3號			
郵撥電話	(02)23620308		
印刷者	文聯彩色製版有限公司		
總經銷	聯合發行股份有限公司		
發行所	新北市新店區寶橋路235巷6弄6號2樓		
電話	(02)29178022		

行政院新聞局出版事業登記證局版臺業字第0130號

本書如有缺頁，破損，倒裝請寄回台北聯經書房更換。　ISBN 978-957-08-4977-6 (平裝)
聯經網址：www.linkingbooks.com.tw
電子信箱：linking@udngroup.com

國家圖書館出版品預行編目資料

坐罐仔的人/吳敏顯著．初版．臺北市．聯經．
2017年8月（民106年）．240面．14.8×21公分
（當代名家・吳敏顯作品集1）

ISBN 978-957-08-4977-6（平裝）

857.63 106012101